KB196379

고양이들

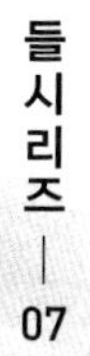

고양이들

작고 거대한,

위대하고 하찮은

이은혜 지음

꿈꾸는인생

| 프롤로그 |

애정이라는 재능

어느 한 가지라도 재능이 없는 아이는 없다고들 한다. 그 말에 따르면 나는 참으로 암담한 어린이였다. 학교 미술 선생님은 늘 내 혼신의 역작에 '참 잘했어요'가 아닌 '열심히 했구나'라는 피드백을 주셨고, 음악은 악보를 잘 못 읽어 실패했다. 그래도 청소년 육상선수였던 엄마는 좌절하지 않았다. '날 닮았으면 체육은 잘하겠지.' 그러나 나는 200미터 달리기를 하면 헐떡헐떡 뛰다가 180미터쯤부터 걸어서 들어오는 아이였다. 그나마 유일한 장점이라면 책을 좋아했다는 것 정도일까.

미취학 아동 시절부터 만화책으로 시작된 책 읽기는 여행기를 지나 소설로, 회고록으로 뻗어 나갔다. 느리고, 눈에 띄는 게 없는 아이도 읽는 건 할 수 있다. 독서라는 세계로의 입장권은 재능이 아니라 애정이었다. 나는 학교 도서관에 있는 책들을 삼키듯 읽었다. 공부도, 예술도, 체육도 뛰어나지 못한 나에게 책은 안식처였다.

하루는 담임 선생님이 종례 시간에 나를 호명하셨다. 그때까지 학급 앞에서 이름이 불린 적이 없기에 적잖이 긴장했다. 선생님은 신기한 눈으로 날 보시며 "참 별일이네…"라고 하셨다. 손에 땀이 솟았다. 대체 무슨 일이지.

"학교 도서관에서 책을 제일 많이 읽은 사람에게 상을 준단다. 너 수업 시간에는 맨날 졸더니 언제 이렇게 책을 읽었니. 자 여기 상품도 있다."

어리둥절하다 정신을 차려 보니 상장과 문화 상품권이 담긴 봉투가 손에 있었다. 무언가를 잘해서 주는 상이 아니라 좋아해서 주는 상이라니. 애정도 하나의 재능이구나. 이 사실을 처음 알게 된 순간이었다.

돌이켜 보면 애정은 나의 가장 큰 재능이자 동기 부여

였다. 좋아하는 사람을 따라 무작정 제주도에 정착해 새로운 일을 시작하기도 했고, 아끼는 친구가 울면서 전화를 하면 파자마를 입고 누워 있다가도 한달음에 달려갔다. 친한 동생의 시詩 사랑이 궁금해 시 창작 수업을 들었고, 좋아하는 고양이가 생의 마지막 시간을 보낼 때에는 기꺼이 그의 눈과 귀와 발이 되었다. 이들로 인해 나는 단조롭지 않은, 나름대로 풍요한 세계를 가진 범인凡人이 되었다. 이제 나는 무언가를 깊이 좋아할 줄 아는 마음이 빼어난 재주 못지않게 값진 삶의 기술이라고 믿는다. 잘하는 게 많지 않아도 좋아하는 건 많은 사람으로 나이 들고 싶다.

라디오 작가로 방송 원고만 쓰고 살다가 30대 중반이 되고 나서 삶을 글로 풀어 내기 시작했다. 내가 가진 애정을 하나둘 꺼내다 자연스레 함께 사는 두 고양이들의 이야기도 쓰게 되었다. 고양이와 주고받는 애정은 내가 경험한 다른 그 어떤 관계와도 달랐다. 재미있어서 쓰고, 신기해서 썼다. 고양이 알레르기 소유자와 고양이들의 좌충우돌 생활에 대해, 오래 기다린 마음이 열리는 순간에 대해, 고양이들만 할 수 있는 우아하고 산뜻한 애정표현에 대해. 마르지 않는 글감은 글쟁이에게 축복이라던가. 고양이는 그저 존재함으로 본분을 다했을 뿐인데 내게는 글의 은총까지 별책부록으로 딸려 온 셈이다.

이 책은 고양이에 대한 이야기지만, 꼭 그렇기만 한 것은 아니다. 사랑하는 이로 인해 삶의 지축이 움직인 사람의 이야기며, 편견에 맞서는 이야기인 동시에 질병과 모순에 대한 이야기이기도 하다. 인간이 그렇듯 고양이 역시 복잡하고 다면적인 존재들이기에, 이들에 대한 글을 쓰기 위해서는 여러 층위의 다른 이야기들이 필요했다. 기꺼이 이야기가 되어 준 친구들, 글벗들, 만화가들, 캣맘들, 덕후들, 연구자들에게 고마움을 전한다.

이 책에는 지난 2017년부터 2024년까지 8년간 지면이나 온라인 매체 등에 기고했던 글들과 새로 쓴 글들이 함께 엮였다. 그 세월 동안 첫째 고양이 반야는 별이 되었고, 둘째 고양이 애월은 청년에서 중년을 지나 나이 든 고양이로 착실히 살아가고 있다. 가능한 한 시간의 흐름대로 글을 배치했음을 밝힌다.

고백하자면 내가 가진 애정의 일부는 함께 사는 고양이들에게 물려받았다. 불면의 밤마다 조용히 곁에 있어 주던 반야, 야근으로 새벽 귀가를 할 때면 털이 눌린 얼굴로 마중을 나오던 애월. 무기력증이 심해져 방바닥에 껌처럼 붙어 있던 시기에 함께 나란히 누워 주던 두 고양이들. 아무리 긴 글을 써도 이들에게 고마움을 온전히 전할 수는 없을 것 같다. 반려동물과의 삶을 궁금해하던 한 글벗에게 전한 나의 말로 갈음한다. 고양이와 함께 산다는 건 미처 구하지도 못했던 구원을 매일 받는 기분이라는 것.

사실 이 책에 수록된 이야기들은 독자를 향한 동시에 나를 위한 것이기도 했다. 앞으로도 사는 일에 도리가 없는 것처럼 느껴질 때가 올 것이다. 그럴 때 한 번씩 고양이들과의 이야기를 뒤적거리려 한다. 생의 무자비함을 피해 잠시 파라솔 아래 앉아서 맥주 한 캔 마시며 쉬어 가는 기분으로. 이들과 주고받았던 마음을 꺼내어 보고 나면 다시 대책 없는 삶 앞에 설 수 있을 것 같다. 이 책이 부디 당신에게도 쉬었다 갈 작은 파라솔이 될 수 있기를 바란다.

| 목차 |

· 단행본과 만화책은 『 』, 작품명은 「 」, 영화와 드라마, 곡명은 〈 〉로 표시했다.

고양이의 눈동자에는

우주와 광기와 사랑이 있다.

이 기묘한 존재와의 연대는

내 생의 이야기를

새로이 쓰게 만들었다.

한밤의 기묘한 밀회

일찍이 웨딩피치*언니는 말했다. "사랑의 멋짐을 모르는 당신이 불쌍해요." 나는 이 말을 각색해서 과거의 스스로에게 보낸다. 고양이의 멋짐을 모르던 네가 불쌍하다고.

피치 언니의 명대사를 인용하기 위해서는 내 과거부터

* 1990년대 방영된 TV 애니메이션. 피치, 릴리, 데이지 세 여성이 무려 웨딩드레스(…)를 입고 악한을 혼내 준다. "사랑의 멋짐을 모르는 당신이 불쌍해요"라는 피치의 대사가 밈으로 널리 쓰인다.

먼저 고하는 것이 인지상정이겠다. 나는 어릴 적 바닷가 시골마을에서 이 집 저 집의 개들과 뒹굴며 시간을 보내고 강아지만 보면 쓰다듬고 싶어 하던 '개과 사람'이었다. 고양이를 꺼리는 주변 어른들의 말을 듣고 자라서 그런지 고양이에 대해선 막연한 두려움이 있었다. 대학에 진학하고도 한동안은 길고양이가 무서워 가까운 지름길을 두고 동네를 빙 둘러서 집에 간 전적도 있다.

그리고 현재, 나는 고양이 두 마리의 집사로 아침이면 조신하게 책상에 앉아 사룟값을 벌고 밤이면 집에 돌아와 그들이 생산한 똥오줌을 치운 뒤 간식을 바친다. 심지어 이 모든 행위를 기쁘게, 자의로 한다. 조심하시길. 이것이 바로 고양이를 홀대하던 사람의 최후다.

나는 아직도 산책하는 강아지를 보면 호들갑을 떨지 않으려 애쓴다. 여전히 '개과 사람'인 셈이다. 다만 더 큰 글씨로 '고양이과 사람'이라는 스티커가 추가되었다. 고양이를 사랑하게 되면 퇴로는 없다. 그들의 매력은 뿜어내는 털만큼이나 방대하다. 생각해 보면 과거의 나는 세간에 떠도는 풍문만 듣고 지레짐작으로 고양이를 무서워했다. 이를테면 '고양이는 자기를 힘들게 한 사람을 꼭 찾아가서 해코지한대', '고양이는 귀신을 본대' 같은 것들.

고양이를 달리 보게 된 것은 아주 사소한 일 때문이었다. 이십 대 초반 내 자취방은 큰 대문을 지나 쪽문으로 들어가는 구조였다. 문간에 고양이 한 마리가 가끔 의젓하게 앉아 있었는데, 나는 그 애가 정말 무서웠다. 하필 피할 수도 없게 문 앞 정중앙에 자리 잡고 있어 그 고양이가 몸을 비켜 주지 않으면 방에 들어가지도 못하고 추위에 떨곤 했다.

고민하다 묘수가 떠올랐다. 편의점에서 반려동물 캔을 사서 다섯 발자국 떨어진 곳에 두고는 그 애가 비켜 주기를 기도했다. 고양이는 슬그머니 몸을 일으켜 캔을 먹기 위해 문 앞을 떠났다. 나는 그 틈에 잽싸게 집 안에 들어갈 수 있었다.

그렇게 방에 들어가기 위한 우스운 조공이 시작됐다. 일주일쯤 지나니 그 애가 무섭지 않았고, 삼 주쯤 되니 노란 줄무늬가 제법 귀여워 보였다. '가드'라는 귀엽지 않은 닉네임도 붙였다. 술 마시고 집에 들어가는 날이면 고양이를 상대로 사는 이야기도 했다. 그러거나 말거나 가드는 캔을 다 먹으면 자리를 뜨긴 했지만.

그 애는 뜨문뜨문 나타났어도 나는 고양이 캔 하나를 가방에 넣고 다니기 시작했다. 심지어 캔을 뜯지 못하는 기간이 길어질수록 서운해졌다. 십수 년 전 일인데, 쓰다 보니 방금 뒤통수를 한 대 맞은 것처럼 번뜩 정신이 든다. 그 통통하던 치즈 태비 고양이가 날 길들였잖아…?

한밤의 밀회는 오래가지 못했다. 반년쯤 꾸준히 찾아오던 가드가 영역 다툼에 밀린 것인지 어느 날부터 영영 보이지 않게 된 것이다. 집에 가다가도 흰 바탕에 노란 무늬의 그 애가 보일까 유심히 길을 살폈지만 몇 년 뒤 이사를 할 때까지 다시는 볼 수 없었다. 그 대신 오가다 마주친 다른 고양이들과 눈인사를 하거나 캔을 따 주는 일이 늘었다. 이제는 고양이가 무섭지 않았으니까. 간혹 운이 좋으면 캔을 먹는 고양이를 잠시 쓰다듬기도 했다. 아쉬운 것은 정작 가드를 단 한 번도 만져 본 적 없다는 것이다.

자취방 앞 고양이를 만나기 전과 후, 소소한 것들이 달라졌다. 여행을 가면 여행지의 고양이를 꼭 찍어 오게 되었고, 고양이가 담긴 서적과 문구 앞에서 시간을 오래 보내곤 했다. 그 소소함이 쌓여 몇 년 뒤에는 고양이를 입양했다. 그렇게, 사랑과 혼돈의 세계가 활짝 열렸다.

고양이를 모르던 시절, 여행을 더 자주 다녔고 통장의 돈은 오로지 나만을 위해 쓰였다. 그 시절이 그립냐고? 그럴 리가. 고양이의 멋짐을 알아 버린 몸은 되돌릴 수 없다. 남의 이야기일 것 같다면 오늘 밤 귀갓길 조심하시길. 치즈 태비 고양이가 의뭉스러운 얼굴로 문 앞에 앉아 있을지도 모르니까.

불가해한 존재와 살고 있습니다

매일 아침 세수를 하고 난 후 고양이 두 마리와 아침 인사를 나눈다. 두 고양이는 내 인기척이 들리면 뱃살을 출렁이며 앞다투어 달려온다. 녀석들은 커피를 내리느라 주방에 서 있는 내 종아리에 머리를 비비며 어리광을 부린다. 나는 기껏 내린 커피를 싱크대 위에 올려 두고 주방 바닥에 털썩 주저앉는다. 양손으로 고양이 두 마리의 등줄기를 열심히 쓰다듬는다. 반야와 애월은 만족스러운 얼굴로 지그시 눈을 감는다. 비록 커피는 식어 가지만 두 고양이가 내는 고롱고롱 소리에 마음이 평온해지는데…

그때, 갑작스럽게 반야가 눈을 번쩍 뜨면서 고개를 돌려 내 손을 콱 깨문다. 아니 대체 왜? 피는 나지 않지만 손이 얼얼할 정도다(상해는 입지 않을 정도로 조절해서 깨무는 게 더 얄밉다). 쓰다듬어 달라고 보채더니 막상 귀찮은 걸까? 내가 건드리지 말아야 할 곳을 건드렸나? 아침부터 당황스럽다. 결국 나는 해답을 찾지 못하고 어리둥절한 상태로 일어나 싱크대에 올려 둔 커피를 한 모금 마신다. 따끈했던 커피는 어느새 미지근해져 있다. 고양이들을 쓰다듬다가 한 번 깨물리고 식어 빠진 커피를 마시는 일이 요새의 내 '모닝 루틴'이다.

고양이 두 마리와 10년 가까이 살고 있지만 나는 아직도 녀석들을 온전히 다 이해하지는 못한다. 고양이를 키우기 전에는 '10년쯤 키우면 고양이의 모든 걸 알 수 있지 않을까?' 생각했었는데 어림없는 소리였다.

물론 함께한 세월이 쌓이면서 고양이의 습성을 많이 배우기는 했다. 고양이가 창밖의 새를 보거나 레이저 포인터 장난감으로 놀다가 "깍깍" 소리를 내는 건 고장 나서가 아니라 '채터링'(사냥 본능의 일환으로 내는 소리) 중이라는 것. 고양이가 벌레를 잡아다 방바닥에 떡하니 놔두는 건 인간을 향한 해코지가 아니라 음식을 나눠 주는 호의라는 것. 초보 집사 시절에는 책이나 포털 사이트의 도움을 받아 가며 이해의 폭을 넓히기도 했었다.

이제 나는 반야가 집 안 어디서 해바라기를 하는지, 애월이 가장 좋아하는 장난감이 무엇인지, 두 고양이들의 취향과 호불호에 대해서는 세세하게 알고 있다. 하지만 아직까지도, 고양이와의 생활은 놀라움의 연속이다.

며칠 전에는 지인이 집에 방문했는데 둘째 고양이 애월이 사라져 보이지 않았다. 애월은 낯을 가리는 반야와 달리 우리 집 공식 '접객묘'다. 손님이 오면 거리낌 없이 다가가 쓰다듬어 달라며 머리를 들이민다. 그러던 애월이 어딜 갔는지 털끝도 보이지 않는 거다. 애월을 유난히 귀여워하던 지인은 녀석을 찾지 못해 못내 아쉬워했다. 애월을 발견한 건 한참이 지나서였다. 지인은 신발장으로 걸어가다 말고 웃음을 터뜨렸다. 애월은 지인의 신발에 얼굴을 비비며 무아지경에 빠져 있었다.

아직도 그날 애월의 도취된 표정이 잊히지 않는다. 신발이 캣닢(고양이들이 좋아하는 풀, 대다수의 고양이는 캣닢을 먹거나 향기를 맡으면 벌렁 드러누워 황홀경에 빠진다)이라도 되는 것처럼 심취한 모습이라니. 지금까지 많은 사람이 우리 집을 다녀갔어도 애월이 이런 적은 처음이었다. 지인이 유독 자기를 아끼는 사람이라는 걸 알아서였을까? 아니면 그냥 특정한 냄새가 애월을 빠져들게 한 것일까? 그것도 아니면 그저 그 신발의 모양새가 마음에 들었던 것일까? 모를 일이다.

고양이 두 마리와 살면서 나는 녀석들을 100% 이해하는 것을 포기했다. 아마 그런 날은 오지 않을 거다. 글을 쓰는 지금도 낮잠을 자다 말고 부스스 일어난 반야는 어느새 벽의 한 지점을 뚫어지게 보고 있다. 대체 뭘 보는 건지 알 수가 없어 몇 번이나 벽을 확인했지만 아무것도 없다. 햇빛도 들지 않는 흐린 날, 초파리 한 마리 없는 벽의 한 지점을 왜 저렇게 열중해서 보는 걸까. 고양이 언어를 모르는 인간은 이유를 알 수 없다. 고양이는 영원히 내게 불가해한 존재일 것이다.

불가해한 존재와 함께 사는 건 때로 고단하지만 대체로 흥미롭다. 나는 고양이들과 소통하고 싶을 때면 행동과 눈빛 같은 비언어적 표현들을 쓴다. 예를 들어 고양이에게 애정을 전하고 싶을 때 나는 고양이와 눈을 맞춘 상태에서 눈꺼풀을 천천히 감았다 뜬다. '고양이 눈키스'로도 불리는 인사 방법인데, 애월과 반야는 십중팔구 인사를 되돌려준다.

물론 소통이 언제나 성공하는 건 아니다. 고양이들은 가끔… 실은 자주 인간이 이해하기 어려운 행동을 한다. 그래도 괜찮다. 녀석들 눈에는 인간이 매일 사냥에 실패하고 빈손으로(하다못해 피라미나 귀뚜라미도 없이) 귀가하는 게 얼마나 처량해 보이겠나. 덩치는 자기들 열 배나 되면서 창밖의 새는 보지도 않고 작은 휴대전화만 들여다보는 인간이 희한해 보이지는 않을까. 그렇게 생각하면 웃음이 난다. 서로를 불가해하게 여기면서도 지지고 볶고 함께 살아가는 게 흐뭇해서다. 생각해 보니 고양이와 인간만의 이야기는 아닌 것 같다. 따지고 보면 우리 모두가 서로에게 얼마간 불가해한 존재 아니던가.

솜털 뒤의 광기

영화 〈사운드 오브 뮤직〉 주인공 마리아는 천둥이 치던 밤, 무서워하는 아이들을 위해 각자 좋아하는 것들을 떠올려 보자고 권한다. 아이들은 금방 자신이 좋아하는 것들을 떠올리며 천둥번개를 잊고 즐거워하는데 그때 부르는 노래가 바로 유명한 〈My Favorite Things〉다. 곡은 이렇게 시작된다. "장미꽃 위 빗방울과 아기 고양이의 수염. 밝은 색 주전자와 양털로 만든 장갑, 줄로 묶인 갈색 종이

소포. 내가 좋아하는 몇 가지라네."

마리아가 "아기 고양이의 수염"을 좋아한다고 노래를 시작하던 장면에서 나는 슬며시 웃었다. 그녀의 말마따나 앙증맞은 아기 고양이의 수염은 보기만 해도 마음을 흐물흐물 풀어지게 하니까.

어디 수염뿐일까. 새끼 고양이의 사진은 정말이지 사랑스럽다. 온몸을 뒤덮은 보송한 솜털, 조그마한 앞발, 한글 자음 'ㅅ'을 닮은 입매까지도. 어디 하나 귀엽지 않은 구석이 없다. 동물을 좋아하는 이들은 물론이고, 동물에 큰 관심이 없는 사람들조차도 아기 고양이 사진을 보다 "귀엽네" 한마디를 넌지시 던지곤 한다.

하지만 외형만 보고 속아선 곤란하다. 앞서 내가 "새끼 고양이가 사랑스럽다"라고 말하지 않고 "새끼 고양이의 사진이 사랑스럽다"라고 말한 데는 이유가 있다. 고양이는 보통 12개월 정도까지 성장하는데, 그 성장기를 부르는 (비공식) 용어들이 따로 있다. 고양이 반려인들은 이 시기의 고양이를 이렇게 부른다. 캣초딩, 에너자이저, 미친 고양이 시절, 악령 들린 시기.

첫째 고양이 반야는 '에너자이저' 시기에 입양됐다. 고양이는 유년 시절부터 정적일 줄 알았는데 그게 대단한 착각이었음을 깨닫는 건 그리 긴 시간이 걸리지 않았다.

새끼 고양이는 입질을 한다. 녀석들은 눈에 보이는 모든 것을 사냥감으로 인지하고 달려와 깨문다. 반야 역시 시도 때도 없이 반려인을 무는 버릇이 있었다. 자판 타이핑을 할 때는 물론이고 대화를 하며 제스처를 취하기라도 하면 달려와 손을 깨물곤 했다. 동거인인 B와 내 손에는 자잘한 상처가 생겨났다.

심지어 잠을 잘 때 이불 밖으로 손이나 발이 나가면 반야의 먹잇감이 되었다. 우리는 점차 이불 속에 손발을 감추는 방법을 익혔다. 물론 아무리 손발을 감춰도 머리만은 이불 밖으로 내놓아야 했기에 머리카락과 두피는 반야의 제물이 됐다. 이즈음 우리는 농담처럼 집에서 잠도 못 자고 일도 못 한다고 푸념을 시작했다. 사실 몹시 진담이었다.

입질만 문제였던 건 아니다. 새끼 고양이들은 '뛰지 않고 난다'는 말이 있을 정도로 엄청난 에너지를 내뿜는데 반야 역시 마찬가지였다. 어느 밤, 잠을 자다 머리카락이 흔들리는 느낌에 눈을 떴다. 그러자 머리맡 커튼에 대롱대롱 매달린 반야가 보였다. 문제는 커튼 등반을 마친 반야가 내 몸으로 착지했다는 사실이다. 나는 '악' 하는 외마디 비명을 삼키며 몸을 일으켰다. 반야는 이미 어디론가 다시 날아간 뒤였다. 이런 일이 며칠에 한 번씩 반복됐다. 나는 옆으로 누워 자는 방법을 택했다.

사실 반야는 파양된 고양이였다. 반야의 전 주인이 반야의 깨물고 할퀴는 습관을 감당하지 못해 파양했다. 그렇다고 반야가 아주 특이한 고양이였던 건 아니다. 왜 반려인들이 성장기 고양이를 가리켜 '악령 들린 시기'라고 하겠는가. 그만큼 감당이 어려울 정도로 폭발적인 에너지를 가진 시기라는 뜻이다. 반야 역시 미친 듯이 우다다 뛰어다니다가, 또 순식간에 잠들다가를 반복하는 '평범한 에너자이저'일 뿐이었다.

참고로 성장기 고양이의 깨물기와 할퀴기는 고양이가 나이 들어가면서 자연스럽게, 또 일정 부분은 반려인의 교육을 통해 개선된다. 물론 일부 그렇지 않은 고양이도 있지만, 대다수는 성묘가 되면 과잉 행동이 잦아든다. 그 뒤로는 놀랍게도 조용해져서 반려인을 머쓱하게 만든다. 언제 그렇게 괴상한 시기가 있었나 싶을 정도다.

혹시라도 새끼 고양이의 사랑스러운 외모만 보고 입양한다면, 할큄으로 잠 못 드는 밤을 보내며 눈물지을 수도 있다(경험담이다). 고양이가 암벽 등반을 하듯 발톱으로 내 옷에 스파이크를 박아 가며 명치까지 올라오는 모습을 보게 될 수도 있다. 청바지도 뚫린다(이 역시 경험담이다). 부디 보송한 솜털과 앙증맞은 분홍코에 속아 넘어가지 말기를 바란다. 그들은 광기를 감추고 있다.

그럼에도 불구하고 새끼 고양이를 가족으로 들이고 싶다면, 수면 부족과 한 시절 기꺼이 함께할 생각이 있다면, 나는 여기서 당신을 기다리겠다. 당신은 손가락에 난 상처를 보며 울상을 짓다가도, 새근새근 잠든 고양이의 얼굴에 모든 시름을 잊게 되는 마법을 경험하리라. 그런 당신에게 나는 반창고를 건네며 말할 것이다. 함께 새끼 고양이의 광기와 사랑스러움을 논하게 되어 기쁘다고. 반려인의 세계로 온 것을 환영한다고.

하악질이 눈키스가 되기까지

두 마리를 나란히 키우고 나서야 나는 고양이의 성격을 일반화할 수 없다는 걸 깨달았다. 사람 성격 다 다르듯, 고양이들의 성격도 제각각이었다. 둘째 애월은 누구에게나 배를 보이고 재롱을 떨지만, 첫째 반야는 집 바깥에서 낯선 발자국 소리만 나도 겁을 먹는다. 동거인인 B와 나 외에는 그 누구의 손길도 허락하지 않고, 조금이라도 심기가 불편하면 집의 가장 침침한 구석으로 도망가 마음이 풀릴 때까지 나오려 들지 않는다. 반야가 몸을 맡기는 인간은 온 지구에 B와 나, 딱 둘뿐이다.

B와 반야의 첫 만남은 운명적이었을지도 모른다. 유기 직전의 고양이를 B가 구해 내다시피 했으니. 경계심이 많은 반야도 B에게만은 즉각 마음을 열었다. 하지만 내게는 쉽게 마음을 내어주지 않았다. (입양하던 날 B와 동행했어야 했다.) 우리가 친해지기까지는 인고의 시간이 필요했다. 반야와의 나의 합가 과정을 '고양이적 용어'를 활용해 3단계로 풀어 본다.

1단계 - 하악질

합가 첫날, '고양이와의 포근하고 안락한 일상이 펼쳐지겠지' 기대에 부풀었다. 나는 영미권 그림책에 단골처럼 등장하는 장면을 연상하며 들떴다. 벽난로 앞 흔들의자에 앉아 핫 초콜릿을 마시고 무릎에는 고양이가 누워 있는 삶, 드디어 갖는 건가!(벽난로도 흔들의자도 당연히 없지만 고양이는 이제 생기니까.)

그런데 내 귀에 가장 먼저 들린 것은 공기를 가르는 날카로운 '하악' 소리였다. 언뜻 쇳소리 같기도 한, 숨을 크게 들이마시는 소리였는데 나는 생후 1년도 되지 않은 새끼 고양이 반야에게 잔뜩 겁을 먹었다. 하악질을 하고 나서도 반야는 입을 반쯤 벌리고 있었는데 나 못지않게 긴장해서 몸이 굳어 있었다. 반야의 경직된 몸을 보고 알 수 있었다. 너도 내가 무섭구나.

고양이의 하악질은 경고의 의미다. 이빨을 드러내며 '하악' 하는 소리를 내면서 자신에게 낯설고 위협적일 것 같은 상대에게 메시지를 보내는 것이다. 하악질을 한다고 혼내거나 맞서서 하악질을 하는 건 고양이와 정서적으로 교류하는 데 전혀 도움이 되지 않는다. 바로 그 자리를 떠나거나 고양이와 어느 정도 거리를 두는 편이 더 바람직하다.

처음 반야의 하악질을 듣고 상심했지만 도리가 없었다. 예민한 성격의 반야가 낯선 사람인 나를 받아들일 시간과 공간적 여유가 필요할 것이었다. 그날부터 반야와 최대한 거리를 두며 생활했다. 그러자 차츰 반야도 하악질의 빈도를 줄였고, 며칠 뒤엔 50cm 거리에서도, 또 며칠이 지나니 지근거리에 있어도 하악질을 하지 않게 되었다. 환영도 하지 않았지만.

2단계 – 마징가 귀와 꼬리 탕탕

하악질 단계는 지났지만 반야가 온전히 마음을 열지는 않았다는 것을 꼬리와 귀로 알 수 있었다. B가 쓰다듬을 때면 반야는 눈을 지그시 감고 작은 모터처럼 '고르릉' 소리를 냈다. 하지만 내가 눈치를 보다 손을 내밀어 등을 만지면 바로 '마징가 귀'를 하며 꼬리로는 땅바닥을 탕탕 쳤다.

'마징가 귀'는 고양이가 평소와 다르게 귀를 양옆으로 눕히는 행위를 뜻하는 말이다. 두렵거나 불편한 상태일 때 나오는 신체언어로 '지금 편안하지 않아요'라는 표현이기도 하다. 고양이가 꼬리를 세게 바닥에 탕탕 내리치는 표현 역시 크게 다르지 않다(직역하자면 '아 짜증 나'라는 표현이라고…).

내심 무안했지만 그래도 '하악질'을 하지 않았다는 걸 애써 위안 삼는 날들이었다. 이즈음 B와 나는 전략적으로 돌봄 노동을 재편성했다. 반야에게 환심을 살 만한 사료 주기, 간식 주기, 놀아 주기 같은 것들은 내가 하고 B는 화장실을 치우거나 청소하기, 목욕시키기 등을 맡았다. 게다가 나는 고양이 알레르기까지 있어 반야의 털이 날리는 청소나 목욕이 버겁기도 했다. 이래저래 밥과 간식을 내가 맡는 것이 나은 상황이었다.

나는 일부러 짜서 먹이는 형태의 간식을 구입했다. 이런 간식류는 식기에 덜어 주는 음식과 다르게 먹이는 시간 동안 반야와 눈을 맞추거나 살짝 몸을 쓰다듬는 일들이 가능했다. 간식과 놀이의 힘이었을까, 아니면 단순히 세월의 힘이었을까. 시간이 걸리긴 했지만 반야는 차츰 내게도 마음을 열어 주었다.

3단계 – 눈키스

더 이상 반야가 '마징가 귀'를 하느냐 마느냐를 신경 쓰지 않게 되었을 때, 어느 날엔가 녀석이 가만히 앉아 내 눈을 바라보면서 천천히 눈을 깜빡였다. 반야가 내게 '고양이 눈키스'를 보낸 것이었다. 나는 내적 환호를 억누르며 반야에게 눈키스를 되돌려주었다.

고양이의 눈키스는 상대에게 보내는 애정의 표현이다. '너랑 친해지고 싶어', 또는 '나는 너를 신뢰해'라고도 해석할 수 있을 것이다. 그간의 서운함이 사르르 녹아내렸다. 이제 정말 반야와 식구가 될 수 있을 것 같았다.

그래서, 10년이 지난 지금은 어떻냐고? 이제 반야가 내게 '하악질'을 하는 일은 없지만 그렇다고 우리 사이가 매일 다정하기만 한 것은 아니다. 녀석과 나는 아직도 애정과 짜증, 연민과 투정을 주고받으며 살고 있다.

요즘도 발톱을 깎을 때면 예민한 반야는 줄행랑을 치고, 그 뒤를 내가 허둥지둥 쫓아가다 솜방망이(고양이 앞발)에 얻어맞는다. 그렇게 한 대 맞고 나면 분해서 '두고 봐라' 하며 녀석을 무시하겠노라 다짐하지만, 5분도 못 가 일광욕하는 반야가 너무 귀여워서 다가가 또 지분거리게 되는 것이다. 볕이 투과되는 반투명한 귀, 앞에선 볼 수 없지만 측면에 붙으면 볼 수 있는 앙증맞은 속눈썹, 조그만 단추 같은 분홍 코까지 보고 있노라면 자존심이고 뭐고 다시 달라붙었다 또 솜방망이 펀치 세례를 받는다. 매번 반복되는 레퍼토리다. 뺨을 맞고도 다른 쪽 뺨을 내어 준다는 마음, 나처럼 이기적인 인간은 영영 모르겠지 싶었는데 고양이와 살다 보니 어렴풋 알 것도 같다.

5년 만의 일

둘째 고양이 애월은 제주도 애월읍에서 2013년 11월에 입양했다. 누군가는 애월의 이름을 듣고 "고양이가 아니라 조선시대 기생 이름 같다"고도 했지만, 이 이름은 지명을 딴 것이다. 나는 애월에게 이름을 지어 주기 전까지 그 애를 '발라당 고양이'라고 불렀다. 애월읍 길가에서 우연히 만날 때마다 땅바닥에 발라당 드러누워 반가움을 온몸으로 표현해서였다.

애월을 발견하고 "고양아" 하고 부르면 버석거리는 늦가을의 마른 낙엽 위에서 녀석이 천진하게 뒹굴었다. 인사를 하고 나면 낙엽 부스러기가 애월의 등과 배에 콘플레이크처럼 붙어 있었다. 나는 후후 입김을 불어 애월의 몸에 붙은 낙엽 조각을 날리려 애썼다. 혹시라도 애월에게 손을 댔다가 물리거나 할퀌을 당할까 싶어 접촉은 최대한 피하면서.

고양이의 털에 엉겨 붙은 낙엽 조각은 입김에 잘 날리지 않았다. 조심스럽게 애월의 등허리에 붙은 낙엽 부스러기에 손을 대니 움찔하는가 싶더니 이내 긴장을 풀고 이완하는 몸이 느껴졌다. 기분이 좋아진 애월은 낙엽더미 위에 다시 드러누웠다. 더 많은 낙엽 부스러기가 애월의 몸에 붙었다. 나는 웃고 말았다. 아직까지도 길 위의 낙엽을 보면 나를 보며 몇 번이나 발라당 드러눕던 그날의 애월이 떠오른다.

애월은 그때까지 내가 본 가장 유순한 길고양이였다. 길생활을 하면서도 사람에게든 고양이에게든 한 번도 하악질을 하거나 발톱을 세우지 않았다. 애월이 내는 최대한의 짜증은 고작 소심하게 '에우우웅' 하고 우는 것뿐이었다. 그마저도 성량이 어찌나 작은지 귀를 기울이지 않으면 그저 웅얼거림으로밖에 들리지 않았다. 그런 녀석이니 우여곡절 끝에 애월을 입양하며 은근히 기대했다. 새침한 첫째 반야와는 다르게 내 '껌딱지'가 되지 않을까?

하지만 세상사 대체로 그렇듯, 기대는 기대일 뿐 현실이 되지 못했다. 함께 살아 보니 애월은 사람에게 마냥 치대는 고양이가 아니었다. 입양 초기, 나는 '발라당 고양이' 애월에게 이런 면이 있었나 매번 놀라곤 했다.

애월은 환대의 고양이였다. 함께 사는 인간들을 좋아하는 것은 물론이고 하루도 빠짐없이 퇴근 환영 인사를 해주었다. 퇴근 후 지친 몸으로 집에 가면 애월이 강아지처럼 쪼르르 현관 앞에 나와 있었다. 먼저 귀가해 집에 있던 식구의 말에 따르면 지나가는 사람의 발자국 소리로도 나인지 아닌지를 구분하고 귀신같이 내가 귀가하는 순간에만 현관으로 마중을 나간다고 했다.

나는 그런 애월이 못 견디게 귀여워 손을 뻗어 녀석을 품에 안았다. 그러면 애월은 언제 그렇게 격하게 환영했냐는 듯 1초도 되지 않아 쌩하니 내 품을 빠져나갔다. 애월은 내 주변만 빙빙 맴돌며 방바닥에 발라당 드러눕거나 꼬리를 바르르 떨면서 기쁨을 표현했다. 나와 눈이 마주치면 곧바로 골골송을 들려주기도 했다. 그렇지만 품에 안기거나 몸이 밀착되는 것만큼은 좋아하지 않았다.

내심 섭섭했다. 다른 집 고양이들은 무릎에도 올라와 주고(일명 무릎냥이), 컴퓨터를 할 때 품에 안겨서 자판도 막 누른다던데. TV를 볼 때면 자꾸 안기려 해서 귀찮을 지경이라던데. 애월은 왜 한 번을 안겨 주지 않는 걸까. 나도 겨울이면 파쉬 물주머니보다 뜨뜻한 고양이의 온기를 누리고 싶은데. 고양이가 몸 위에 올라와 비키질 않아서 무릎이 저리다는 불평 한번 해 보고 싶은데. 다 요원한 얘기였다. 서운함이 한 번씩 차오를 때마다 나는 '사람 성격 다 다르듯 고양이도 그런 거야', '애월이 사회화를 배우는 시기에 유기되어서 스킨십이 어색할 수 있어'라며 애써 스스로를 달래곤 했다.

그렇게 4년 하고도 6개월이 흘렀다. 그즈음 나는 마음을 비우고 애월을 쓰다듬는 것으로 만족하며 지냈다. 애월이 유일하게 좋아하는 스킨십이 머리와 몸을 쓰다듬어 주는 것이었는데, 녀석은 고양이들이 질색한다는 배를 만져 주는 것도 무척 좋아했다. 코튼볼처럼 보드라운 애월의 배를 다독이고, 정수리 털이 반질반질하게 광이 날 때까지 쓰다듬으면서 애정 표현의 허기를 면했다. 애월을 안거나 몸을 밀착시키는 행동은 점차 하지 않게 되었다. 무언가를 하지 않는 것도 애정이니까.

그러다 2018년 5월 3일, 거실 바닥에 엎드려 휴대전화로 웹서핑을 하던 늦은 오후. 어느 순간 팔에 가벼운 무게감이 느껴졌다. 뭐지 싶어 휴대전화에서 고개를 돌렸더니 애월의 조그만 머리통이 보였다. 녀석이 소리도 없이 다가와서 내 팔을 베고 누운 거였다. 햇수로 5년 만에 처음 있는 일이었다.

나는 소리도 내지 못했다. 들떠서 방정을 떨면 애월이 자리를 뜰까 봐 조용히 내적으로, 치밀하게 기뻐했다. '우리 집 기념일로 선포해야 하는 것 아닌가', '역사적인 날이니 조각케이크를 사다 먹을까' 하는 쓸데없는 생각을 하다가 이내 여러 마음이 교차했다. 내게 안기기까지 이렇게 오랜 시간이 걸렸구나 싶으면서도, 또 한편으로는 이 조심스러운 성격의 고양이가 얼마나 용기를 냈을까 싶어 마음이 애잔했다.

그날 애월은 꽤 오래, 20분쯤 내 팔에 머리를 비스듬히 대고 고요하게 기대어 있었다. 나는 고민하다 조심스레 다른 쪽 팔만 들어 휴대전화로 애월의 사진을 두어 장 찍었다. 각도도 엉망이고 그마저도 흔들린 사진이지만 영영

지우지 않을 사진이기도 하다(내가 이날을 날짜까지 정확히 기억하는 이유다). 그 외에는 아무 행동도 하지 않고 팔이 저려 와도 애월의 '첫 스킨십'을 만끽했다.

무엇이 애월을 변화시켰을까. 마음을 온전히 여는 데 5년의 시간이 걸린 걸까. 이제는 녹록지 않은 길생활을 잊고 내 곁에서는 안전하다는 감각을 익히게 된 걸까. 나는 애월의 작은 머리에서 일어나는 일을 다 알 수 없다. 다만 하나 확실한 건 내가 그날의 감촉과 기분을 잊을 수 없으리라는 것뿐이다.

그날 이후 애월의 스킨십은 은근히 영역을 넓혔다. 아침이면 내 종아리에 얼굴을 비비며 인사를 하기도 하고, 어쩌다 한 번씩은 무릎 위로 올라와 주기도 한다. 애월이 드물게 무릎냥이가 되어 주는 날이면 나는 잠잠히 그 순간을 누린다. 따뜻한 호지차를 마시는 것처럼 온화한 기분으로.

'애월의 첫 스킨십 사건'은 이후 사람을 대하는 나의 마음가짐에도 영향을 주었다. 본래 좋아하는 누군가가 생기면 실컷 퍼 주고, 또 그만큼 잔뜩 받고 싶어 하는 인간이었던 나는 이 일을 계기로 조금 각성했다. 이제는 조급함을 덜어 내고, 안달복달하지 않고 관조를 택하려 한다(물론 자주 실패한다). 좋게 될 사이라면 내가 조급해하지 않아도, 그저 마음과 정성을 보내면 언젠가 이어지지 않을까 생각하려 노력한다. 애월이 내게 5년 만에 기대온 것처럼.

만약 내가 누군가에게 보낸 마음이 다시 나에게 돌아오지 않는다 해도 괜찮다. 내게는 고양이가 있으니까. 심지어 그 고양이가 무릎에도 가끔 올라오니까. 그러면 정말이지 뭐든 괜찮아질 것 같은 기분이 되니까.

길고양이만 아는 새벽 식당

20년간 꾸준히 문을 연 새벽 식당이 있다. 주 메뉴는 경단밥이지만 계절과 상황에 따라 조금씩 변한다. 캔과 사료의 비율이 환상인 데다 사장님 손맛이 좋아 늘 문전성시를 이룬다. 단, 네발 손님만 입장 가능하다.

오랜 길생활로 사람을 경계하는 법을 익힌 고양이들은 능란하게 모습을 감춘다. 길에서 온전히 모습을 드러내는 고양이를 찾기란 쉬운 일이 아니다. 날쌔게 도망치는 뒷

모습이나 웅크린 등을 보는 것이 고작이다. 고단한 길생활이 고양이들을 은둔자로 만든다. 그런데 피리 부는 사나이처럼, 그녀의 발소리만 들리면 은신하던 고양이들이 하나둘 고개를 내민다. 가시는 걸음걸음 고양이 꽃이 피어나는 형국이다. 이 놀라운 광경 뒤로 활기찬 목소리가 들려온다. "얼른 오세요. 갈 길 멀어요."

양손 가득 사료와 캔을 챙겨 식당 오픈 준비가 한창이다. 배가 고파 개점 전부터 고개를 내민 올블랙 손님 덕에 미애 씨 손이 바빠졌다. 차가운 공기 속에 캔 따는 소리가 울려 퍼지자 작게 냥냥 대며 채근하는 목소리도 들려온다. 고개를 숙여 확인해 보니 턱시도 고양이도 식빵을 굽고 있다.* 벌써 여러 손님이 자리를 잡고 앉았다. 역시 소문난 밥집은 웨이팅이 기본이다.

미애 씨는 야무진 손놀림으로 포대에서 사료를 퍼내 준비된 그릇들에 담는다. 그 위에 먹음직스러운 통살 캔을 얹어 비비면서 눈으로는 나를 보며 차는 막히지 않았냐, 밥은 드시고 온 거냐 낭랑한 목소리로 묻는다. '과년한 처자가 뭘 하나?' 하며 기웃대는 동네 어르신에게도 낯빛 구

* 고양이들이 취하는 특유의 자세를 가리키는 말. 고양이가 네발을 몸통 속에 감추고 앉으면 영락없이 식빵 모양이 된다.

기는 법 없이 싹싹하게 인사한다. '길 위의 생명을 챙기는 것이 무엇이 잘못이냐고' 반문하는 그녀만의 방법이다.

미애 씨는 길고양이에게 관심이 있다면 한 번쯤 들어보았을 법한 파워블로거다. 매일 7kg 사료를 동내는 '고양이 식당'을 운영하며 네발 손님들 사진과 이야기를 올리다 알려졌다. 유명해지고 싶어 유명해진 것이 아니라, 하다 보니 자꾸 사람이 모여들었다. 이름도 모르는 사람들이 길고양이를 챙기는 일에 대해 질문을 하고, 겨울에 밥 주는 방법을 물었다. 그녀는 길고양이를 챙기고 싶지만 방법을 모르는 사람이 이렇게 많았던가 싶다.

처음에는 굶는 생명이 딱해 밥이나 주자고 팔을 걷었지만, 밥이 다가 아니었다. 아픈 녀석이 생기면 들쳐 업고 뛰어야 했고, 너무 어린 녀석은 품에 끼고 젖병을 물려야 했다. 목에 방울까지 달고 버려진 녀석을 보며 망연자실하기도 했다. 그렇게 일 년, 이 년이 가고 지금까지 왔다. 그녀의 이야기를 알게 된 인간 친구들이 사료와 캔을 후원하는 일도 생겼다.

웃으며 이야기하지만 강산이 변하고도 한 세월이다. 직장에서 커리어를 쌓고, 꼬맹이 조카가 자라 함께 술을 마실 수 있게 된 그 시간 내내 미애 씨는 길 위의 생명을 돌봤다. 혹한에도, 열이 펄펄 끓어도 식당 문을 닫지 않았다. 오히려 긴 시간 운영하며 식당이 잘돼도 너무 잘돼 1, 2, 3호점 줄줄이 확장됐다. 물론 사장도 그녀, 서빙도 그녀, 청소도 그녀다. 왜 그렇게까지 하느냐고 물었더니 담백한 답이 돌아온다. "손님이 기다리니까요."

미애 씨 곁에서는 굶주리지 않는다는 것을 깨우친 고양이들은 그녀가 나오기 전부터 서성대며 식당 개점을 기다리곤 했다. 어느 해 여름, 눈을 뜰 수 없는 굵은 장맛비 속에서 오롯이 비를 맞으며 기다리던 고양이를 본 뒤로는 게으름을 피울 수 없게 됐다. 해외여행도, 장기출장도 먼 이야기가 된 것은 물론이다. 그 대신 그녀는 길고양이를 먹여 살렸다. 말 그대로 먹이고, 살렸다. 지금까지 구조해서 입양 보낸 고양이가 백 마리는 족히 될 것이다. 한 줌의 온기를 느끼려다 차에 깔리는 대신, 가족과 함께 뜨끈한 전기 매트 위에서 뒹구는 묘생이 백 개는 더 늘었다는 얘기가 된다.

가장 최근에 생긴 정마식당 4호점에는 생후 3개월이나 됐을까 싶은 아기 손님이 마중 나왔다. 평소엔 경계심이 많아 잘 볼 수 없는 녀석이라고 했다. 녀석의 뒤쪽에는 무늬가 꼭 닮은 엄마 고양이가 자리를 지키고 있다. 식당을 애용하는 길고양이들은 새끼를 서둘러 독립시키지 않는다. 먹거리가 풍족하니 영역 다툼도 줄어들어 한밤의 고양이 소리도 잦아들었다.

바삐 움직이던 미애 씨가 노란 꽃이 피어 있는 화단 뒤에서 손짓한다. 정마식당 '별관'이다. 밥 냄새를 맡고 빼꼼 두 얼굴이 등장한다. 선글라스를 쓴 것처럼 근사한 무늬를 가진 삼색 엄마 냥이와 고등어 태비 꼬맹이다. 오래간만에 보는 반가운 손님인지 사장님 얼굴에 웃음이 번진다. 지점이 너무 많아 한두 군데 줄여 볼까 하다가도 이렇게들 버선발로 마중 나오니 줄일 수가 없다.

고양이 돌보다 연애할 짬도 안 나겠다고 농을 걸자 그녀는 "결혼하면 다 끝"이라고 받아친다. 그렇게 말하며 사람을 웃기더니, 식당 손님들 얼굴을 하나하나 체크한다. 바이러스 감염성 감기가 온 것은 아닌지, 싸우다 찢긴 곳은 없는지. 콧물을 달고 나타나는 손님에게는 상비하는 가루약을 섞어 주방장 특식을 드려야 하기 때문이다. 질병으로 침을 흘리고, 밥을 넘기지 못하는 손님들을 본 뒤로 미애 씨는 사료와 캔뿐만 아니라 각종 비상약을 주렁주렁 가지고 다니게 되었다. 길고양이 평균 수명은 3년 남짓*, 하지만 이 구역 고양이들은 섬세한 주방장 덕에 다들 다섯 살을 가뿐하게 넘긴다.

밥자리를 다 돌고 나서야 그녀는 허리를 편다. 우리는 함께 밥을 먹기로 했다. 다 먹고 살자고 하는 일이니, 하며 서로 웃었다. 그것이 미애 씨가 하는 일이다. 길 위의 여린 생명들이 먹고 살게 하는 일. 그녀는 말한다. 밥심이 있으면 혹독한 계절을 버틸 수 있을 거라고. 많이 먹고 아프지 말고 멀리 가지 말라고. 그러면 언제 그랬냐는 듯 봄이 올 거라고.

인간 친구들의 후원과 사장님의 뚝심, 몰려드는 네발 손님의 문전성시까지 '삼박자'가 맞아떨어지는 새벽 식당은 오늘도 성업 중이다. 단, 위치도 영업 시간도 비밀이다. 이미 고양이들은 알고 있지만.

---

* 집에서 사는 고양이의 평균 수명은 15~18년이지만 한국 길고양이의 수명은 3년 정도다. 그마저도 질병, 굶주림, 로드킬 등으로 3년을 채우기도 전에 세상을 떠나는 경우가 흔하다. 척박한 길생활을 잘 아는 미애 씨는 식당을 찾아오는 고양이들의 얼굴을 바라보며 "내일 또 만나자"라고 인사를 건넨다. 내일도 꼭 만날 수 있기를 바라는 마음, 길 위의 생명을 챙겨 본 사람이라면 알 수 있으리라.

나태천국

저녁 시간, 편한 자세로 맥주를 마시던 친구가 갑자기 목을 가다듬는다. 휴대전화를 들더니 상냥한 목소리로 "네네 부장님" 하고 전화를 받는다. 방금 전까지만 해도 걸쭉한 입담을 구사하던 내 친구와 동일 인물 맞나 싶다. 나는 얼결에 친구의 '사회인 자아'를 목격하고는 간신히 웃음을 참는다. 친구가 업무 통화를 하는 사이 마카로니 과자를 하나 집어 아작거리며 생각한다. '넌 나태지옥 안 가겠네.'

웹툰이 원작인 영화 〈신과함께-죄와 벌〉에는 '나태지옥'이라는 장소가 등장한다. 나태지옥은 일생을 게으르게 산 망자들을 심판하는 곳으로 이곳에 떨어진 사람들은 영원히 달리는 벌을 받게 된다. 하지만 기실 내가 아는 한국인은 대부분 나태지옥에 가려야 갈 수 없는 존재들이다. 직장인도 사업자도 마찬가지다. 늘 일을 하고 있거나, 그렇지 않을 때에도 머리 한구석에는 업무를 위한 공간을 남겨 둔다. 맥주를 마시다 느닷없이 업무를 해야 했던 내 친구처럼.

과거에는 그러려니 했다. 사람이라면 응당 바쁘고 치열하게 살아야만 하는 줄 알았다. 내가 사는 곳은 노동시간이 길기로 이름난 나라니까, 주변인 대부분이 그렇게 사니까. 하지만 이 생각은 고양이와 같이 살면서 바뀌었다. 나태하면 안 된다니… 얼마나 일차원적인 생각이었는지!

고양이를 키우는 사람이라면 무릇 나태함의 정수를 보게 된다. 청소년기를 넘긴 고양이들은 잠과 몸치장을 소일거리 삼아 일생 나른하게 살아간다. 면밀하게 내 고양이들을 관찰한 결과 이들은 하루 16시간쯤 자는 것 같다. 청각이 예민해서 아주 작은 소리에도 깨어나지만 그만큼 또 금방 잠의 세계로 건너간다. 나머지 시간에는 그루밍을 하거나 일광욕을 즐긴다. 가끔 내키면 사냥 놀이를 한다. 어처구니없을 정도로 간단한 스케줄이다. 자거나 먹거나 몸을 치장하거나. 이 우아한 일과에 부지런함이라고는 찾아볼 수 없다. 묘생을 허투루 쓴다는 죄책감 역시 있을 리 없다. 제때 간식을 내놓지 않는 인간에게 가끔 힐난의 눈초리를 보낼 뿐이다.

하지만 고양이와 달리 사람으로 태어나, 그 가운데서도 업무량이 많은 직업들만 골라 택했던 나는 너무나 바빴다. 해도 해도 끝나지 않는 업무로 야근은 기본이고, 주말도 헌납하는 날들이 이어졌다. 시간을 분 단위로 쪼개 썼고 가끔은 아침에 고양이 사료를 챙기는 것마저 빠듯하게 느껴졌다. 늦은 밤 집에 오면 두 고양이와 잠시 놀아 줄 기력도 없어 아무렇게나 드러눕곤 했다.

그러다 운 좋게 쉴 수 있던 어느 주말, 미룰 수 있을 때까지 미뤄 둔 청소와 빨래를 한바탕 하고 잠시 소파에 앉았다. 창가에서 꾸벅꾸벅 졸던 반야가 눈을 뜨더니 잰걸음으로 내게 다가왔다. 반야는 내 다리 인근에서 몇 번 빙글빙글 돌더니 자리를 잡고 내 몸에 자기 몸을 딱 붙여 누웠다. 햇살을 충분히 받은 녀석의 몸에서는 볕에 말린 빨래 냄새가 났다. 왼쪽 허벅지에 인간보다 조금 높은 고양이의 따끈한 체온이 느껴졌다. 햇볕 냄새를 머금은 고양이와 무위의 시간이라니. 눈물이 날 것만 같았다. 분명 우리는 함께 사는데, 이런 여유는 정말 오래간만이었다.

그동안 남들이 사는 것처럼 살려고, 나태지옥에 떨어지지 않으려고 발버둥 쳤지만 손가락 사이로 흘러 나가는 모래알처럼 내 생의 '좋은 것'들이 속수무책으로 빠져나갔다. 볕 좋은 날 고양이와 나란히 해바라기 한번 할 수 없었고, 좋아하는 장난감을 사 두고도 녀석들과 함께 놀 시간이 없었다. 아끼는 존재와 볕 쬘 시간조차 없다니, 이거야말로 연옥 아닐까. 각성의 순간이었다.

결국 나는 30대에 업무량이 많은 직군을 떠나 프리랜서로 전직했다. 예전처럼 종종거리며 집안일을 하지도 않는다. 본업으로 버는 돈은 줄어든 대신 가용할 수 있는 시간이 늘었다. 일에 대한 강박을 내려놓자 내 고양이들과 보내는 시간이 예전과 비교할 수 없이 길어졌다. 요새는 한 발 더 나아가 재택 가능한 업무를 우선으로 맡는다. 집에서 일하는 틈틈이 고양이들과 시간을 보낼 수 있으니까.

전직을 하고 나서 그간 돌보지 않아 여기저기 고장 난 몸도 돌보는 중이다. 매일은 아니더라도 꾸준히 운동을 하려고 노력하고 혼자 하는 식사는 되도록 만들어 먹는다. 빵을 좋아하니 속을 간단하게 넣은 샌드위치를 만들어 먹기도 하고, 잡곡밥에 간이 열은 된장국을 곁들이기도 한다. 예전에는 늘 시간에 쫓겨 들이키듯 밥을 먹었는데 이제는 내 속도대로 식사를 하는 호사도 누린다. 속이 자주 더부룩해 가까운 곳에 상비하던 위장약도 점차 찾지 않게 되었다. 스스로 만든 음식을 꼭꼭 씹어 천천히 먹는 것만으로도 충족감이 찾아온다. 고양이들만 입성 가능할 줄 알았던 '나태천국'을 나도 찾은 셈이다.

다시 한 번 말하자면, 내 주변의 모든 인간 친구들은 부지런하다. 하루 중 대부분 일을 하고 있거나, 적어도 일을 '생각'하고 있다. 아차, 이런 말 하는 나도 주말 한낮에 키보드를 두드리고 있지 뭔가. 문서를 닫고 얼른 본연의 나태함으로 돌아가야겠다. 고양이의 솜털 보송한 배를 쓰다듬으며 유영하는 구름을 봐야지. 그런 다음에는 두유로 라테를 만들어 마시고, 좋아하는 문학평론가의 신간을 읽어 볼까. 죄책감 없이, 고양이처럼.

친애하는 인간 친구들, 우리는 조금 더 고양이처럼 살 필요가 있다.

나와 고양이와 알레르기

내게 고양이 알레르기가 있다는 걸 알게 된 건 고양이와 함께 살고부터다. 고양이와 살면서 고양이에 대한 글을 쓰는 사람에게 고양이 알레르기라니. 생의 아이러니는 이렇듯 느닷없이 찾아온다.

B와 두 고양이까지 도합 넷이 함께하는 생활에서 나를 가장 애먹인 건 빨래도 요리도 아닌 고양이 알레르기였다. 고양이를 키우기 전까지는 사람이 그렇게 줄기차게,

쉬지 않고 재채기를 할 수 있는 존재라는 걸 몰랐다. 두 고양이를 껴안고 나면 콧물이 흐르고 연신 재채기가 터져 나왔다(그렇다고 포옹을 하지 않는 선택지는 존재하지 않는다). 그나마 다행이라면 알레르기의 정도가 극심하지는 않아서 천식 발작이나 호흡 곤란이 올 만큼은 아니었다는 것 쯤일까.

알레르기는 면역력과도 관계가 있어서 몸이 아프거나 피곤할 때 고양이가 뺨을 핥으면 얼굴이 발효 중인 빵 반죽처럼 부풀었다. 그런 날 외출을 할 때면 깊숙한 볼캡을 쓰고 나갔다. 모자 아래 붉게 얼룩지고 부어오른 내 얼굴을 본 지인들은 왜 그러냐고 물었다가 고양이 알레르기라는 답을 들으면 탄식했다. "알레르기가 있는데 고양이를 키운다고? 아이고, 어떻게 해."

어떻게 하나 싶지만 어떻게든 해 왔다. 고양이를 키우기 전에 알았다면 모를까 이미 식구가 된 뒤에 나오는 '어떻게'는 온전히 인간의 몫이다. B와 나는 시행착오를 거쳐 우리만의 생활 방식을 만들었다.

먼저 나와 고양이 사이의 '안전지대'를 구축했다. 침대가 있는 안방은 고양이 출입 금지 구역이다. 잘 때도 알레르기에 시달릴 수는 없어 고민 끝에 내린 결정이다. 고양이와 함께 잠들고 깨는 충만한 기쁨은 누리지 못하지만, 깨어 있는 시간에 고양이들에게 충분히 애정을 쏟기로 했다. 나는 침실 외의 공간에서 고양이들과 함께 놀고 교감한다. 다만 이 방법은 고양이와 공간적 분리가 가능한 상황에서만 쓸 수 있다는 단점이 있다.

증상이 발현될 때에는 잠시 집을 떠나는 방법을 썼다. 알레르기는 몸의 컨디션에 따라 증상을 달리한다. 몸 상태가 괜찮은 날이면 별다른 일 없이 생활하지만, 컨디션이 좋지 않은 날에는 발작처럼 재채기가 터지곤 한다. 프리랜서인 나는 주로 집에서 일을 하는데, 재채기와 콧물 증상이 심해지면 지체 없이 노트북을 챙겨 도서관이나 카페로 향한다. 장소를 옮기기만 해도 차츰 알레르기 반응이 멎는다. 그때부터는 집에 있을 고양이들을 궁금해하며 카페에서 일을 하는 것이다. '아까 보니까 털이 좀 떡진 것 같던데 사료를 바꿔서 그런가?', '주식 캔에 약 섞어 준 거 귀신같이 캐치하고 그대로 남긴 건 아니겠지', '지금쯤 낮잠 자고 있으려나, 잘 때 꿈꿔서 움찔거리는 거 귀여운데 보고 싶네' … 집에서 5분 거리 카페에서 일을 하며 집 안 사정을 궁금해하다니 이 얼마나 비효율적인 생활인지. 하지만 사랑이 언제는 효율적이던가. 기실 내가 좋아하는 사랑 이야기의 주인공들은 하나같이 느리고 효율적이지 못하게 산다. 영화 〈8월의 크리스마스〉 속 정원처럼. 또 권여선 작가의 단편소설 「봄밤」 속 수환처럼. 순하게 주고 가만히 기다리는 인물들에 마음을 주고야 만다. 나처럼 이기적인 인간도 반려 고양이에게만큼은 그런 존재가 되고 싶어서일까.

비상약 구비도 빼놓을 수 없다. 때로는 카페나 도서관에서 시간을 충분히 보내고 돌아와도 거듭 알레르기가 도진다. 그런 상황을 대비해서 집에는 항상 알레르기 약을 마련해 두게 되었다. 경험상 알레르기가 도지면 억지로 참기보다는 즉각 약을 먹는 편이 훨씬 도움이 됐다. 알레르기는 레벨에 따라 증상이 다양하다. 중증의 경우 알레르기 반응이 심해지면 순식간에 고통스러운 상황이 생길 수 있다. 정기적으로 복용하지 않더라도 혹시 모를 일을 대비해 약은 꼭 준비해 두는 편이 좋다.

자연스레 고양이 돌봄 노동도 구분해서 하게 되었다. 고양이 알레르기가 있는 나는 고양이들의 물과 밥을 챙기고 양치를 시키는 일을 맡았다. B는 목욕을 시키고 화장실을 치우는 일을 전담한다. 목욕을 시키고 드라이어로 말려 주는 과정에서 고양이 털이 폴폴 허공에 날리기 때문이다. 고양이 화장실을 치우는 일 역시 입자 고운 모래가 알레르기를 일으켜 B가 하게 됐다.

한 가지 더, 나는 잠옷과 실내복을 철저히 구분해서 입는다. 고양이를 껴안던 옷차림으로 침대에 들지 않는다. 고양이는 털이 상상 이상으로 많이 빠지고 빠진 털은 옷에 잘 달라붙는다. 밤이 되면 나는 고양이들에게 잘 자라고 인사를 건네고 안방에 들어와 잠옷으로 갈아입는다. 코를 훌쩍이며 잠들지 않기 위해서 이 정도 번거로움은 감수할 수 있다.

하지만 알레르기 레벨이 높은 사람이라면 위의 모든 방법들로도 효과가 없거나 미미할 수 있다. 요즘은 면역 주사 치료라는 게 생기기도 했지만 기간이 수년에 이르는 장기 과정인 데다 초기에는 매주 병원에 가야 한다. 드는 비용과 시간 대비 치료 효과도 천차만별이다. 면역 치료를 받으며 고양이를 키우겠다는 건 순진한 생각일 수 있다는 얘기다. 고양이 입양을 고려하고 있다면 우선 알레르기 검사를 해 보는 게 좋다. 신중하게 고민하고 "어떤 경우에도 파양은 하지 않는다"는 결심이 섰을 때 입양을 해도 늦지 않다.

고양이 알레르기와 입양 사이에서 고민하는 이들이라

면 '임시 보호'라는 방법을 생각해 볼 수 있다. 임시 보호는 입양처가 정해지지 않은 동물을 말 그대로, 임시로 맡아 주는 일종의 자원봉사다. 고양이 카페나 커뮤니티에서는 임보처(임시 보호처) 구한다는 글을 쉽게 볼 수 있다. 구조된 고양이들은 대부분 혼자 생존하기 힘들 정도로 어리거나, 다쳤거나, 영역에서 밀려난 개체들이다. 일단 살리기 위해 구조를 함에도 임시 보호처가 없어 곤란을 겪는 경우가 많다. 알레르기가 의심되지만, 그럼에도 불구하고 고양이와 함께하고 싶다면 처음부터 입양하는 것보다는 임시 보호 봉사가 대안일 수 있다.

고양이는 집의 모습을 바꿔 놓는다. 털 때문에 천 소파는 엄두도 내지 못하고, 털갈이 시기가 오면 실내에 눈이 내리는 착각이 들 정도로 온 집에 털이 흩날리는 진풍경을 목격하기도 한다. 하지만 그 눈은 온통 알레르기 유발 물질. 고양이 알레르기 보유자라면 전신을 꽁꽁 싸매고 청소기를 돌리는 일을 루틴으로 만들 각오 정도는 되어 있어야 하는 셈이다.

신기한 일은 그럼에도 불구하고 나는 고양이와 함께하는 삶을 한 번도 후회해 본 적이 없다는 거다. 얼굴이 빵반죽처럼 부풀어 오르던 날에도, 반나절 만에 휴지 한 통을 다 써 버린 날에도, 발작처럼 터지는 재채기에 슬리퍼만 꿰어 신고 황급히 뛰쳐나와 카페에서 일을 하던 날에도. 투명한 고양이의 눈동자에서 우주를 발견해 본 사람이라면 내 말을 이해할 것이다. 그나저나 요즘 B가 자꾸 셋째라는 단어를 입에 올린다. 하지만 내 알레르기의 마지노선은 고양이 두 마리다. 셋째는 없다. 아마도….

유기묘는 다르다는 편견

우리 집 고양이 반야와 애월의 나이는 사람 나이로 5, 60대 중년으로 추정된다. 내 눈에는 아직도 아기 같은 녀석들인데 나이를 가늠해 보니 벌써 시간이 이렇게 흘렀나 싶어 당황스럽다.

내가 고양이들 나이를 추정할 수밖에 없는 것은 반야와 애월이 유기묘 출신이기 때문이다. 두 녀석 다 어물어물 어쩌다 보니 집에 굴러들어 왔다. 특히 애월은 성장이 끝난 성묘가 되어서야 우리 집에 왔기에 나는 애월이 아기 고양이 시절 얼마나 귀여웠을지, 얼마나 작고 소중했을지를 알 수 없다. 그게 유일하게 아쉽다. 사진 한 장이라도 남아 있으면 좋으련만.

모든 고양이가 다 각자의 이야기를 가지고 있는 것처럼 우리 집 두 녀석도 마찬가지다. 반야는 두 번 버려진 고양이였다. 누군가 어린 반야를 유기했고, 유기동물 보호소에서 지내던 반야를 첫 주인이 입양했다. 짐작컨대 고양이에 대해 전혀 알지 못하는 사람이었던 모양이다.

그 집에서 반야는 (발톱을 깎아 주지 않으니) 기다란 발톱으로 장난감 대신 사람 팔을 가지고 노는 '버릇 나쁜 고양이'가 되었다. 전 반려인은 장난감이나 스크래처를 사 주는 대신 고무장갑을 끼고 고양이를 만지는 편을 택했다. 결국 그는 반야를 포기하기로 했다. 인터넷에 글을 올려 고양이를 어떻게 키워야 하는지도 모르고 시간도 없다며 대신 키워 줄 사람을 찾았다.

우연히 반야의 입양 글을 클릭한 B는 '얘 이러다 또 버려지겠네' 하는 생각이 가장 먼저 들었다고 했다. B는 앞뒤 잴 겨를 없이 글을 올린 사람에게 연락을 했다. 그리고 그날 퇴근 직후 바로 반야를 데리러 갔다. '버릇 나쁜 고양이'라서 버려졌던 반야의 행동은 B가 입양한 이후 눈에 띄게 좋아졌다. 장난감을 이용해 놀아 주니 사람 팔에 사냥 놀이를 하지 않게 되었고, 스크래처를 놓아두니 가구를 긁지 않았다. 화장실은 B의 집에 오자마자 바로 가렸다. 이후에도 화장실 실수는 한 번도 하지 않았다. 빼어나게 영특한 고양이였다.

반야에 이어 우리 집으로 '굴러들어 온' 애월 역시 유기묘로 추정된다. 애월은 제주도 애월읍의 길가에 살 때부터 넉살이 워낙 좋았다. 닭집에 들어가서 야옹하면 고 녀석 신통하다며 치킨집 아저씨가 닭고기를 주셨고, 보리빵집에 들어가서 인사를 하고는 빵 조각을 얻어먹었다. 그렇게 인심 좋은 사람들에게 음식을 얻어먹으며 살던 애월을 데려올 생각은 없었다. 기름 뜬 구정물을 허겁지겁 마시는 광경을 보기 전까지는.

반야를 데려올 때 B가 그랬던 것처럼 애월이 오수를 마시는 걸 보니 머릿속이 하얘지고 아무 생각도 나지 않았다. 나는 차로 20분 거리 집에 가서 고양이 이동장을 들고 다시 애월읍으로 향했다. 애월은 태연하게 나무 아래에서 그루밍을 하고 있다가 내가 부르자 문이 열린 자동차 뒷좌석으로 스스로 들어왔다. 길고양이를 이렇게 쉽게 잡을 수 있다니 상상도 하지 못했다.

나는 아무 힘도 들이지 않고 애월을 이동장에 넣어 동물병원에 데려갈 수 있었다. 피부병에 걸렸던 흔적이 있고, 저체중이라는 것 외에 그 애는 아무 질병도 가지고 있지 않았다. 애월을 검진한 수의사는 내게 말했다.

"얘는 야생성이 하나도 없네요. 검진하는데 울지도 않고 발톱도 안 세워요. 상태도 길생활을 했다고 보기에는 지나치게 깨끗하고요. 아마 누가 키우다 버렸을 겁니다. 잘 데려오셨어요. 길에서 살아남기 힘든 아이예요."

반야는 2011년, 애월은 2013년에 우리 집으로 왔다. 두 녀석 다 유기묘고, 그래서 우리는 녀석들의 생일과 정확한 나이를 알지 못한다. 동물병원에서 받은 검진 결과와 우리가 만나게 된 시점을 토대로 나이를 유추할 수밖에. 하지만 두 녀석을 키우며 알게 된 사실이 있다. 유기묘를 둘러싼 편견은 편견일 뿐이라는 것. '유기묘라서 마음을 쉽게 열지 않는다'든가, '유기묘는 몸이 약해서 자꾸 병에 걸린다'든가 하는 일반화와 편견은 사실이 아니라는 걸 알게 됐다.

우리 집 두 고양이는 두 녀석 다 유기묘이나 모든 면에서 다르다. 반야는 어려서부터 신장이 약해 병원을 들락

거렸지만 애월은 잔병치레를 한 번도 하지 않을 만큼 건강하다. 반야는 8kg의 거대묘인데 애월은 3kg가 겨우 나가는 작은 고양이다. 반야는 B와 나 아닌 사람의 손길을 허락하지 않는 까랑까랑한 성정을 지녔고, 애월은 낯선 사람이 자신을 만져 주면 좋아서 꼬리를 바르르 떤다. 반야는 영특해서 말귀를 제법 알아듣지만 애월은 제 이름 빼고는 알아듣는 단어가 있나 싶을 정도로 그저 해맑은 아이다. (애월은 가끔 장난으로 '빵떡아' 하고 불러도 눈인사를 한다. 설마 이름도 못 알아듣는 건 아니겠지….)

한마디로 유기묘라 이렇다는 일관된 특성을 찾을 수 없다는 이야기다. 사람 지문이 다르고 성격이 다르듯 고양이도 건강 상태와 체형, 성격이 제각각 다를 뿐이다.

유기묘를 키우며 아쉬운 건 딱 하나다. 내 고양이의 어릴 적 모습을 알 수 없다는 것. 남겨진 사진이 없으니 어릴 적 민들레 솜털 같았을 시절은 그저 상상의 영역에 남겨둔다. 그걸 빼면 정말이지 손톱만큼도 다른 고양이와 다르지 않다. 오히려 반야는 두 번이나 버림받았지만 우리가 입양을 한 뒤 빠르게 안정을 찾은 케이스다. 결국 유기묘 출신이냐 아니냐보다는 입양한 뒤 어떻게 키우느냐의 문제 아닐까.

고양이와 함께하는 삶을 꿈꾸는 이가 있다면 펫숍이나 브리더* 말고 길고양이 보호소를 찾아가기를 권하고 싶다. '사 온' 고양이보다는 '입양한' 고양이와 식구가 되는 행복을 맛보면 좋겠다. 유기 동물을 키우는 건 대단한 일도 유별난 일도 아니다. 그저 한 생명을 온전히 받아들이고 생의 기쁨과 충만함, 병과 흠결을 함께 느끼며 살아가는 일일 뿐. 권하지 않을 이유가 없다.

* 동물을 번식시켜 다른 사람에게 분양하는 일을 직업으로 하는 사람

캔 따개 인간들의 은밀한 예술

한참 집중해서 책을 읽다 본문에 고양이가 등장하면 생각한다. '작가 당신도 캔 따개 인간이었군요….' 부코스키Charles Bukowski도 하루키村上春樹도 어슐러 르 귄Ursula Le Guin도 마찬가지다. 고양이와 얽힌 예술가의 이야기는 책을 읽다가, 영화를 보다가, 미술관에서 그림을 관람하다가 끝도 없이 발굴된다. 작가가 내뿜는 자장에 고양이가 끌리는 걸까. 그건 아닌 것 같다. 아마도 고양이라는 독특한 생물

체의 자장에 작가들이 이끌리는 것일 테지.

누군가는 고양이와 예술가들의 영혼이 닮았다고도 말한다. 고양이와 함께 사는 입장에서 과연 고개가 끄덕여지는 말이다. 규율과 속박을 싫어하는 아웃사이더 성향이 그렇고, 함께 있다가도 어느새 자신만의 세계로 건너가 버리는 단독자적 기질이 또 그렇다. 거기에 더해 대체로 지독한 탐미주의자인 예술가들에게 고양이는 완벽에 가까운 존재다. "꽃가루와 같이 부드러운 털"부터 "금방울과 같이 호동그란 눈"*을 지나 무용가처럼 사뿐한 걸음걸이와 요기니yogini의 유연성까지 겸비한 생명체니까. 패션 디자이너 칼 라거펠트Karl Lagerfeld가 생전 가장 열광했던 뮤즈 역시 그의 반려 고양이 슈페트였다.

패션 디자이너도, 시인도, 르포르타주 작가도 고양이에게서 영감을 얻어 글을 쓰고 컬렉션을 구성한다. 예술의 거의 모든 영역에서 캔 따개 인간들은 은밀하게 활동하고 있다. 그 가운데서도 나를 가장 황홀하게 만드는 건 단연 만화가와 그들의 사려 깊은 고양이**들이다.

만화와 다른 예술 장르를 비교하는 건 솔직히 공정하지

* 이장희 시인의 1924년 발표작 「봄은 고양이로다」 일부
** W의 2005년 발표곡 〈만화가의 사려 깊은 고양이〉 제목 인용

못하다. 나는 일곱 살 이후로 만화책에 순정을 맹세한 인간이기 때문이다. '호돌이 세계 여행' 만화책 시리즈로 7년 인생을 송두리째 뒤흔드는 문화 충격을 경험한 이후 평생 만화책을 꾸준히 섭취하며 살아왔다. 내 독서의 근간은 1990년대 한국과 일본의 순정만화책들과 다종다양한 학습만화책들이다. 에티오피아에서는 주식으로 쌀 대신 '인젤라'라는 음식을 먹는다는 것도, '헤라'가 화장품 브랜드 이름이기 이전에 그리스 로마 신화의 여신이라는 것도 만화로 배웠다. 도서관에서, 친구 집에서 닥치는 대로 만화책을 탐독하고 더 이상 구할 수 있는 방법이 없어지고 나서야 나는 그림이 없는 책들에 손을 뻗기 시작했다.

『은비가 내리는 나라』에서 시작해 『언플러그드 보이』를 지나 『호텔 아프리카』를 거쳐 어른이 되었다. 학창 시절 공부했던 내용들은 그다지 기억에 없지만 인생의 계절마다 읽었던 만화책의 내용은 아직도 선명하다. 청년보다 중년이 가까워진 지금도 만화책을 읽는 건 가장 좋아하는 취미 가운데 하나다. 여전히 서점에 가면 자석에 이끌리는 것처럼 만화책 코너로 발이 먼저 움직인다. 고심하다 책 두 권을 사면 그중 한 권은 만화책이다. 그날은 집에 오는 발걸음이 가볍다. 목 늘어난 티셔츠에 품이 넉넉한 수

면바지를 입고 과자나 초콜릿을 야금거리며 만화책 읽을 생각에 기분이 들뜨고 만다.

만화는 내게 순수한 유희로서의 독서다. 르포르타주가 마음의 은신처를 벗어나 세상을 마주하게 만드는 책이고, 철학자의 아포리즘이 앎의 고통과 해방감을 동시에 주는 책이라면 만화책은 내 정서의 놀이공원이다. 그 안에서 나는 시름도 환멸도 잊고 요리왕의 여정에 합류하거나 청년 농부의 좌충우돌을 함께한다.

그렇게 일생을 만화책 애호가로 살던 와중에 고양이 캔따개 인간이 되었다. 그러자 새로운 만화의 지평도 함께 열렸다. 따끈하고 말랑하면서 가끔은 맹수 같은 고양이를 그린 만화가들의 일상물이 지천에 있었다. 아는 만큼 보이고 겪는 만큼 느낀다던가. 고양이 반려인이 되기 전에는 눈에 잘 띄지 않던 만화들이었다. 나는 종이책과 웹툰을 넘나들며 고양이 만화의 세계에 심취했다. 모르고 산 세월이 아까울 만큼 많은 작품들이 세상에 나와 있었다. 만화라는 예술 안에서 고양이는 하나의 장르였다. 그도 그럴 것이 모 웹툰 사이트에서는 기사를 통해 "소속 작가의 60% 정도가 고양이를 키운다"고도 밝혔으니, 자연스레 고양이를 소재로 하는 만화 역시 많아질 수밖에.

나는 이제 캔 따개 만화가들의 손을 잡고 고양이 만화를 신나게 유영한다. 호러 만화의 대부 이토 준지伊藤潤二가 고양이 욘과 무의 애정을 구걸하는 모습을 보며 낄낄거리고, 스노우캣 작가의 두 반려묘 나옹과 은동의 합가 이야기를 보면서 우리 집 두 고양이를 떠올리며 미소를 짓기도 한다.

마음 같아서는 고양이와 만화책의 세상에 한정 없이 머물고 싶다. 그렇지만 업무와 세금과 살림이 존재하는, 다시 말해 어른의 세계에 거주하는 나는 가끔 두어 시간을 읽는 정도로 아쉬움을 달랜다. 사는 동안 볼 작품이 동나는 일은 없을 것 같다. 가끔 스토리 콘텐츠 플랫폼 앱을 열거나 만화책방에 가면 새로운 고양이 만화를 만나게 되니까. 소비보다 생산이 빠르다니, 덕후는 그저 기쁠 따름이다.

오늘 밤에도 만화가들이 고양이 곁에서 선을 따거나 채색을 하겠지. 의자에도 고양이, 태블릿에도 그리다 만 고양이가 있겠지. 그렇게 그려진 만화를 나는 고양이 곁에서 보겠지. 길게 누운 내 곁에도 고양이, 내 휴대전화 화면 속에도 고양이가 있겠지.

이 장면을 상상만 해도 마음이 고양이 젤리*처럼 말랑해진다. 나는 아마 할머니가 되어서도 군것질을 하며 만화책을, 특히 고양이에 대한 만화를 보는 일을 좋아할 것 같다. 그러기 위해서라도 지금부터 시력과 혈당과 콜레스테롤을 관리해 두어야겠다. 오늘부터 내 목표는 만화카페에서 고양이 만화책을 산더미처럼 쌓아 두고 보며 신상 과자를 먹는 할머니가 되는 일이다.

---

* 고양이의 발바닥을 가리키는 애칭. 만지면 정말 구미젤리의 촉감과 흡사하다.

고양이에게 밥을 주지 마세요

얼마 전 기사를 보다 잠시 숨을 멈췄다. 길고양이 밥그릇에 부동액을 뿌린 남성이 현행범으로 체포됐다는 내용이었다. 연달아 나오는 길고양이 학대와 살해 뉴스를 볼 때마다 생각한다. 고양이처럼 '밥'이 논쟁이 되는 동물이 또 있을까. 누군가는 길고양이를 살리기 위해 밥을 주고, 다른 누군가는 그 밥에 독을 타는 세상에 살고 있다. 이런 시대에 고양이에게 밥을 주지 말라는 제목의 영화가 만들어졌다. 고양이를 혐오하는 이들도, 고양이를 사랑하는 이들도 관심이 가는 제목이다.

〈고양이에게 밥을 주지 마세요〉는 쉬이 오해받는 영화다. 제목만 보고 누군가는 "밥도 주지 말라는 거냐"라고 탄식하고, 다른 누군가는 "길고양이에게 밥을 주지 말라는 영환 줄 알았더니 캣맘을 옹호하는 프로파간다 영화"라며 맥락 없는 혐오를 표출한다. (영화를 본 사람은 알 수 있겠지만 이 영화는 사상과 무관한 휴먼 다큐멘터리다.)

영화는 길고양이 동반자로 활동하고 있는 권나영 씨와 그가 돌보는 고양이들을 화면에 담는다.

뇌병변 장애를 갖고 태어난 나영 씨는 신장 질환으로 인해 일주일에 세 차례 병원에 가서 투석을 받는다. 쉽지 않은 환경에서도 그는 밤낮으로 전동휠체어를 타고 다니며 동네 고양이들의 끼니를 챙긴다. 어떻게 이런 일들을 해낼 수 있을까. 영화를 만든 감독은 이런 이를 어떻게 찾아냈을까. 영화 안팎의 이야기가 모두 궁금해졌다. 궁금한 건 알아봐야 직성이 풀리는 나는 결국 영화 〈고양이에게 밥을 주지 마세요〉의 김희주, 정주희 두 감독에게 화상 인터뷰를 청했다. (이하 정 – 정주희, 김 – 김희주 감독)

- 제목이 확 눈에 띄어요. 역설적이기도 하고요. 일종의 반어법인가요?

김: 처음에 제목 고민을 많이 했어요. 나영 님이 고양이를 '애기야', '아가야'라고 부르시거든요. 그래서 처음 아이디어 낼 때 '권나영과 아기들'이라는 제목도 떠올렸고요. (웃음) 사실 '고양이에게 밥을 주지 마세요'라는 말은 저희가 영화를 촬영할 때 가장 많이 들었던 이야기예요.

정: 우리나라에서 밥이라는 게 다양한 의미를 담고 있잖아요. 인사말로 밥 먹었냐, 헤어질 때도 나중에 밥 한번 먹자… 또 밥이라는 단어가 생존과 직결된 말이기도 하고요. 어떤 존재에 대해 함부로 밥을 주지 말라고 하는 게 그 존재를 지워 버리는 언어라고 생각했어요. 그래서 이 제목을 선택했죠.

- 어떻게 영화의 주인공인 권나영 씨와 인연이 닿았는지 궁금해요.

정: 제가 유기묘 입양을 위해 페이스북 '길고양이 친구들' 페이지에 가입했어요. 기기서 활동하는 분들 가운데 권나영이라는 분이 글을 많이 올리시더라고요. 그분이 올리는 글이 정돈된 문장이 아니었어요. 맞춤법도 틀리고 나영 님 특유의 문체가 있어요. 근데 그분의 게시물이 계속 눈에 아른거린다고 할까요. 궁금하더라고요. 이렇게까지 고양이를 돌보는 이유가 뭘까. 왜 이분은 고양이와 함께하셔야 하는 걸까? 이런 의문에서 출발해 다큐멘터리 출연을 요청드렸는데 나영 님이 너무나 흔쾌하게 응해 주셨죠.

권나영 씨는 단순히 고양이들의 밥만 챙기지 않는다. 날카로운 울음소리를 내는 발정기의 고양이는 중성화 수술을 시키고 아픈 고양이를 발견하면 구조와 치료, 입양을 진행한다. 자신보다 어려운 캣맘을 돕거나 동물권 관련 활동에도 동참한다. 두 감독은 나영 씨를 촬영하는 과정에서 길고양이에게 밥을 주는 일 너머의 약자 혐오, 장애, 이동권과 같은 다양한 차원의 이야기들을 발견해 나갔다.

정: 촬영하며 저 혼자 안절부절못할 때가 많았어요. 나영 님이 전동휠체어를 타고 다니시는데 불법 주차된 차들이나 길가의 유리병 때문에 아슬아슬하더라고요. 또 이동하시는 걸 촬영할 때 어려움이 많았어요. 장애인 택시도 피크타임에는 두 시간씩 대기를 해야 하더라고요. 지하철 같은 대중교통을 함께 타고 이동하는 일도 있었는데, 충무로역이 목적지였어요. 그런데 그 역에는 엘리베이터가 없어서 리프트를 타고 전동휠체어를 옮겨야 해요. 거기에서만 2~30분은 걸렸던 것 같아요. 일단 지하철역 입구에서 역무원 호출 버튼을 눌러야 해요. 그러면 직원이 와서 세팅해 주는데 내려가기까지 긴 시간이 필요하죠. 그 과정을 올라갈 때도 되풀이하고요. 이런 과정을 보면서 장애인 이동권에 대해서도 다시 생각해 보게 됐죠.

장애와 아픔, 길 위의 생명을 다룬 영화는 그저 묵직하고 먹먹하기만 할까? 〈고양이에게 밥을 주지 마세요〉 속 권나영 씨는 눈물만큼이나 웃음도 많은 사람이다. 그가 가는 곳마다 웃음소리가 음표처럼 따라붙는다.

김: 나영 님을 따라 병원의 투석실에 갔을 때 굉장히 조심스러웠어요. 아침 일찍 치료하러 오시는 분들인데 촬영을 하는 게 죄송하더라고요. 그런데 막상 가 보니 어둡고 무거운 분위기가 아니라 다들 밝고 에너제틱하신 거예요. 그래서 저희도 즐겁게 촬영을 할 수 있었어요.

정: 나영 님과 함께 투석을 받는 분들이 모여서 아침에 도시락을 나눠 드셨어요. 저희가 카메라를 들고 있으니까 뭐 찍는 거냐고 물어보시더라고요. 그러다 한 분이 '멀쩡한 사람을 찍어야지 왜 아픈 사람들을 찍어~' 이렇게 웃으며 말씀하시더라고요. 그때는 별생각 없이 넘어갔는데 편집하며 보니 그 말이 되게 인상적이었어요. 저 같은 사람은 감히 할 수 없는 말이기도 하잖아요. 주류와 주류가 아닌 존재들에 대해서도 생각을 해 보게 되더라고요.

〈고양이에게 밥을 주지 마세요〉는 캣맘을 다룬다는 이유로 혐오의 표적이 됐다. 집계된 관객 수보다 1점짜리 '별점 테러'를 한 사람의 수가 더 많다. 영화를 보지도 않고 무조건적인 비난을 한 이들이 많다는 뜻이기도 하다.

영화의 배급사인 목영필름은 "영화와 관련 없이 무분별한 혐오감으로 시작된 악플과 평점 테러를 당하고 있습니다. 현재 주인공 나영 씨는 건강이 악화되어 힘든 시기를 보내고 계십니다. 작품에 대한 비평은 좋으나 무분별한 평점 테러는 지양해 주셨으면 합니다"라며 입장을 밝히기도 했다.

- 일부 누리꾼들이 영화를 보지도 않고 별점을 주는 일이 있었죠.

정: 가장 당황스러웠던 말 중 하나가 저희 영화가 프로파간다 영화라는 거였어요. 캣맘을 옹호하는 프로파간다 영화라니.

- 좀 멋있는데요? (웃음)

정: 그런 투사로 세워 주시면 감사하긴 한데. (웃음) 저희가 영화를 찍을 때 가장 고민하고 집중했던 건 나영님이에요. 세상의 많은 사람 중 권나영이라는 한 인물이 어떻게 동물과 공존하는지를 담은 거죠. 그게 좋고

싫고는 관객 분들이 판단하실 몫이라고 봐요. 그런데 그게 아니라 영화를 보지 않고 제목만으로 호도하는 이야기들, 영화를 보지 않고 남긴 사이버 불링에 대해서는 안타까운 마음이 커요. 저희는 괜찮지만 얼굴을 공개하고 영화에 출연해 주신 나영 님에게 너무 죄송하죠.

두 감독이 지켜본 바, 나영 씨는 혐오에 당당히 맞설 근거가 차고도 넘치는 사람이다. "고양이가 발정 나서 시끄럽게 우니 밥을 주면 안 된다"는 말에는 다신 발정기가 오지 못하도록 중성화 수술을 하고 방사하는 행동으로, "그렇게 불쌍하면 너나 데려다 키우라"는 사람에겐 그간 입양 보낸 길고양이의 사진들로, "당신 같은 캣맘 때문에 길고양이 혐오가 조장된다"는 이에겐 밥 주는 공간을 청소하고 쓰레기를 줍는 모습으로.

하지만 그는 맞서는 대신 혐오에 '답장'을 보내는 방법을 택했다. 영화 말미, 고양이에게 밥을 주지 말라는 메모에 나영 씨가 붙인 답 메모가 가로등의 노란빛을 받아 펄럭인다.

"고양이 밥 줘서 미안합니다. 저도 얼마 못 산다는 말에 동물도 사람같이 한 번 태어나고 죽는 것 같아서 줍니다.

저도 안 좋은 병에 걸려서 죽기 전에 한번 좋은 일 하려고 합니다. 양해 부탁드립니다."

나는 이보다 공존에 가까운 말을 본 일이 없다.

어떤 영화는 가려진 존재를 비추고 씨앗 같은 질문을 남긴다. 〈고양이에게 밥을 주지 마세요〉도 그런 영화다. 엔딩 크레디트가 올라갈 때쯤이면 자문하고 싶어진다. 살면서 가족도 지인도 친구도 아닌 누군가를 돌본 적 있던가. 나는 누구의 동반자인가. 이 질문을 품고 일상에 복귀하면 보이지 않던 존재들이 보이게 될지 모를 일이다. 이 영화가 부디 많은 이들의 마음에 씨앗을 뿌리게 되기를, 그래서 결국 '우리'의 범주를 넓히는 작품이 되기를 바란다.

육지 이사 대작전

"정말 괜찮겠어?" 걱정스럽게 내가 물었다. 그러자 B는 "응"이라며 짧고 비장하게 답했다. 우리는 손인사를 하고 길을 나섰다. B는 항구로, 나는 공항으로.

그날은 우리가 제주에서 경기도로 이사를 하는 날이었다. 섬에서 육지로 살림을 옮기는 이사 비용은 수백만 원에 달했다. 하지만 손 떨리는 이사비보다 더 큰 문제가 있었다. 우리가 키우는 두 마리 고양이를 안전하게 이동시키는 일이었다.

우리 집 두 마리 고양이는 모든 면에서 판이하다. 8kg의 '거대묘' 반야는 바깥을 극도로 무서워한다. 거기에 더해 예민한 성정으로 몸을 쓰다듬는 것도 세상에서 단 두 사람만 허용하고 다른 이들에게는 곁을 주지 않는다. 그에 반해 3kg를 조금 넘기는 애월은 호기심이 왕성하다. 낯가림은 전혀 없으며 강아지처럼 처음 보는 사람도 졸졸 쫓아다니는 천진한 성격을 지녔다. 덩치부터 성격까지 모든 게 다른 셈이다. 이사를 결정한 뒤 두 녀석만 생각하면 불안이 엄습했다. 예민한 반야가 가장 문제였지만 유순한 애월이라고 해서 걱정을 내려놓을 수 있는 건 아니었다.

영역 동물인 고양이는 자신의 영역(집)을 벗어나면 스트레스를 받는다. 한국에서 키우는 대부분의 고양이가 그렇다. 드물게 산책이나 외출이 가능한 고양이도 있지만 일반적이지는 않다. 우리 집 고양이들 역시 마찬가지였다. 특히 반야는 동물병원을 가기 위해 이동장을 꺼내 오기만 해도 후다닥 소파 밑으로 들어가 버리거나 손이 닿지 않는 곳으로 도망치곤 했다. 추격전을 반복하며 이동장에 넣고 나면 반야는 몹시 불안해하며 몸을 떨었다. 이런 녀석을 데리고 제주공항에서 김포, 김포에서 다시 성남까지 갈 생각을 하니 막막했다. 그래도 어쩌겠는가. 다른 일도 아닌 이사인 것을. 고양이들도 사람도 고생을 하겠지만, 그래도 비행기를 타는 시간은 한 시간 남짓이니 해 볼 만하다고 생각했다. 튼튼한 이동장 두 개를 준비해서 내가 한 녀석, B가 한 녀석 데리고 타면 괜찮으리라.

그런데 고양이 비행기 탑승을 위해 절차를 알아보던 중 예상치 못한 변수를 만났다. 당시 국내선 항공사들은 기내에 탈 수 있는 반려동물의 무게를 캐리어 포함 5kg 이내로 제한하고 있었다. 두 녀석의 운명이 여기서 갈렸다. 어른 고양이 치고 저체중인 애월은 이동장에 넣어 기내에 탈 수 있지만 우람한 체격의 반야는 선택지가 없었다. 무조건 캐리어를 채워 넣는 수하물 칸에 타야 했다. 그러나 겁 많은 반야가 나나 B 없이 수하물 칸에서 불안에 떨 것을 생각하니 쉽게 결정을 할 수가 없었다. 간혹 발생한다는 수하물 칸 반려동물 사망 사고도 걱정을 증폭시켰다. 어떻게 해야 하나 애태우던 내게 B가 말했다. "생각해 보니까 수하물 칸에 반야 혼자 두는 건 아무래도 불안해. 자기는 애월이 데리고 비행기를 타고, 나는 반야 데리고 배 타고 가는 게 좋을 것 같아."

원래 우리는 자동차를 육지로 탁송할 예정이었다. 비행

기로는 제주에서 김포까지 1시간이면 갈 수 있었기에 일찌감치 도착해서 이사를 빠르게 마무리하고 싶었다. 하지만 반야가 변수였다. B는 아무래도 걱정이 됐는지 반야를 차에 태우고 제주에서 완도로, 완도에서 다시 경기도로 오겠다고 했다. 하늘 길로는 한 시간 걸리는 거리를 뱃길과 육로로 9시간은 족히 달려야 하는 코스였다. 한 명이라도 집에 짐이 들어가는 현장에 있어야 하니 둘이 동시에 움직이기도 어려웠다. 결국 B는 반야와 함께, 나는 애월과 함께 이사하기로 했다.

이사 당일, B는 일찍부터 여객터미널로 향했다. 몇 시간 뒤 나는 애월을 데리고 공항으로 움직였다. 기내에서도 나는 고양이 이동장을 좌석 아래 발치에 두고 가끔 애월의 상태를 눈으로 체크하며 안전하게 김포까지 올 수 있었다. 오후 1시쯤 이사할 집에 도착해서 이삿짐을 맞이했고 이삿짐센터 직원분들과 함께 가전 위치를 정하고 살림을 정리했다. B는 그날 밤 8시가 다 되어서 낡고 지친 얼굴로 집에 도착했다. 퇴근 시간이 겹쳐 예상보다 한 시간 정도 더 지난 후였다. 반야도 기진맥진하기는 마찬가지였다. 힘없이 야옹하고 우는 녀석의 목에서 쇳소리가 났다.

B가 완도에서 경기도까지 운전을 하는 6시간 내내 반야는 목청껏 고함을 질렀다고 했다. B는 운전을 하는 사이사이 반야를 달래고, 상태를 체크하고, 고래고래 소리를 지르는 녀석에게 읍소하면서 나라를 종단했다. 이사한 집에서의 첫날, 회포를 풀 겨를도 없이 B와 반야는 수척해진 얼굴로 쓰러지듯 잠이 들었다.

한 녀석은 비행기, 다른 한 녀석은 여객선과 육로로 국토 종단. 이 복잡다단한 섬-육지 이사를 겪고 나서 나는 고양이들을 데리고 비행기를 타겠다는 마음을 접었다. 고양이들과 함께 사는 한 장거리 이사는 꿈도 꾸지 않기로 한 것이다. 두 녀석을 비행기 안에서 안전하게 돌볼 수 있다면 모를까 지난 이사와 같은 일은 두 번 다시 벌이고 싶지 않아졌다.

그래도 최근에는 반려동물의 이동과 관련해 국내 항공사들 사이에 변화가 생기고 있는 모양새다. 모 항공사는 최근 기내 동반 가능한 반려동물 무게를 기존의 5~7kg에서 운송용기 포함 9kg으로 늘렸다. 우리 집 반야의 경우 이동장을 포함하면 9kg 정도가 되는데 그렇다면 기내 탑승을 선택할 수 있는 항공사가 기존에는 전무했다가 이제 한 곳이 생긴 셈이다.

반려동물의 이동과 관련해 항공사들이 무게 기준을 완화하고 있다는 건 반가운 이야기다. 사실 기존에 거의 대부분 항공사가 고수하던 '이동장 포함 5kg' 제한은 고양이를 키우는 대다수의 사람들에게는 있으나 마나 한 기준이었다. 우리 집 반야처럼 통통한 체형의 고양이가 아니어도 성묘는 보통 5kg 안팎이라서 사실상 기내에 함께 탈 수 있는 고양이는 극소수였을 거라고 생각한다. 물론 고양이는 영역 동물이라 동반 여행이 쉽지 않지만, 이사나 다른 불가피한 이유로 고양이와 함께 비행기를 이용하고자 했던 이들도 과거에는 현실성 없는 무게 제한으로 발길을 돌리거나 수하물 칸에 고양이를 맡기고 마음을 졸였을 것이다.

다시 고양이들과 제주에 갈 일이 생기려나. 애월 쪽 주택에 '재이주'해서 너른 마당에서 녀석들이 뛰어놀 수 있다면 얼마나 행복할까. 인생사 한 번도 예상 대로 된 일은 없으니 또 모를 일이다. 혹시라도 운이 좋아 다시 제주로 이사를 하게 된다면 그때는 사람 둘 고양이 둘이 첩보 작전 짜듯 찢어지지 않고 함께 갈 수 있으면 좋겠다. 포동포동한 고양이도 날씬한 고양이도 수하물 말고 좌석을 하나씩 사서 녀석들 이름이 적힌 항공권도 받을 수 있을까. 아,

승객 가운데 알레르기가 있는 분도 있을 수 있으니 기왕이면 반려동물 동반 가족 전용 칸이 생겨도 좋겠다. 작게나마 변화는 시작된 것 같으니 아예 꾸지 못할 꿈은 아니겠지.

불면의 밤

나는 잠과 대체로 소원한 사이이다. 내 불면의 유구한 역사는 무려 초등학교 4학년 시기로 거슬러 올라간다. 당시부터 몰래 숨어 만화책을 보며 잠들지 않는 밤을 보내던 노란 싹수의 초등학생은 그대로 커서 눈 밑 그늘 짙은 어른이 되고 만다. 본디 올빼미 체질인 탓도 있지만, 유난스러울 만큼 잠들기가 곤혹스러운 것은 어릴 때나 지금이나 매한가지다.

기분 좋은 일이 있으면 좋은 대로, 언짢으면 언짢은 대로 입면入眠은 대체로 자연스럽지 않고 어려웠다. 언젠가는 몸을 피로하게 만들면 잘 수 있지 않을까 싶어 근력운동과 유산소운동을 병행하며 땀을 흘렸다. 그날 저녁 자리에 누우니 몸은 피곤에 젖어 손가락 하나 움직이기도 힘든데 정신이 잠을 거부하는 것처럼 또렷했다. 새벽 1시부터 눈을 감고 한없이 잠을 기다리다 다시 눈을 떠 시간을 확인하니 두 시간이 지나 있었다. 나는 대체 왜 이럴까, 울고 싶지만 울 힘도 없어 멀거니 천장만 보던 새벽이었다.

불면을 타인에게 이해시키는 것은 포기했다. 김혜수와 한석규가 호연을 펼쳤던 〈이층의 악당〉이라는 영화가 있다. 아직까지도 극장에서 본 게 자랑스러운데, 작품성보다는 영화 속 한 장면 때문이다. 작중 불면증에 시달리는 김혜수에게 한석규는 "아침에 체조를 하면 불면증 따위 싹 사라질 것"이라고 묻지도 않은 조언을 던진다.

그다음이 압권이다. 체조하면 잠 잘 온다는 한석규에게 김혜수는 "아저씨 되면 아무한테나 조언하고 충고하고 그래도 되는 자격증 같은 게 국가에서 발급되나 봐?"라고 파르르 떨며 쏘아붙인다. 이 장면에서 나는 불면을 겪는 영화 속 동지에게 깊이 공감하며 내적 박수를 보냈다. (찾아보니 실제 김혜수 본인도 수십 년째 불면증을 앓고 있다고 한다.) 장담하는데 불면증을 겪고 있는 사람이라면 숙면을 위해 운동이든 명상이든 반신욕이든 당신이 상상할 수 있는 모든 일을 해 봤을 것이다. 그러니 조언보다는 그냥 따스한 디카페인 차 한잔 함께 나누는 게 더 실체적인 도움이 된다.

질 좋은 수면을 취하지 못하는 날이 많으니 늘 어딘가 피곤했다. 다크서클은 도장처럼 진해졌고 주변인에게 자주 "안색이 창백하다"는 말을 들었다. 고등학생 시절에는 선생님을 찾아가서 구슬픈 표정만 지어도 조퇴를 할 수 있었다. (사회인이 되고 나서는 돈을 벌어야 해서 이 '스킬'을 쓸 수 없게 되어 조금 슬프다.)

하지만 불면으로 비롯된 예민한 성미는 근 10년 사이에 제법 누그러들었는데, 그 배후에는 함께 사는 털뭉치 고양이들이 있다. 고양이를 키우게 되면서 다사로운 온기를 나눠 받아 불면증이 치유되었다는 동화적인 이야기는 아쉽게도 아니다. 다만, 잠들지 않아도 괜찮다는 걸 알게 되었을 뿐.

새벽까지 뜬 눈으로 보내던 나날들, 마음이라도 편안했다면 얼마나 좋았을까. 나는 적지 않은 시간을 어두운 자책 속에서 보냈다. '왜 나는 남들과 다를까', '다들 자는 잠도 이렇게 힘들게 꾸역꾸역 자야 하는 걸까', '대체 뭐가 문제인가'…. 정답이 없는 일에 정답을 찾느라 스스로를 괴롭혔다. 뾰족한 얼음을 쥐고 있는 것처럼 따갑고 차가운 밤들이었다. 하지만 고양이와 함께 살게 되면서 불면의 밤은 점차 다른 촉감을 갖게 되었다.

평범한 어느 밤, 감고 있던 눈을 뜬다. 오늘은 일찍 잠들 수 있을 것 같았는데 헛된 기대였던 모양이다. 시간을 확인하니 새벽 네 시. 피곤이 너울져 몸이 무겁다. 천천히 몸을 일으켜 침대를 빠져나온다.

고양이는 소리와 냄새에 민감한 동물이다. 사람이 듣지 못하고 맡지 못하는 것들을 감지한다. 내가 몸을 일으키는 미세한 기척도, 방문을 조심스럽게 열고 닫는 소리도 놓치지 않는다. 모두가 깊은 잠에 빠져든 시간에도 마찬가지다. 나는 방을 나와 차를 끓일까 고민에 잠긴다. 어느 틈에 발목에 보드라운 털의 감촉이 느껴진다. 방금 전까지 잠을 잤을 것이 분명한, 얼굴 털 한쪽이 눌린 얼굴로 내 고양이가 나를 본다. 나는 미안함 반, 안도감 반으로 쪼그려 앉아 고양이의 눈에 매달린 눈곱을 떼어 준다. 내가 잠시 서성대다 소파에 앉으면 고양이는 얼른 올라와 내 몸에 몸을 붙이고 쓰다듬어 주는 손길을 느끼다 다시 잠이 든다.

규칙적으로 오르내리는 고양이 배를 보다 나도 소파에서 까무룩 잠이 드는 날이 있는가 하면 끝내 잠들지 못하고 멍하니 아침을 맞게 되는 날들도 있다. 불면과 피로는 여전히 자주 방문하지만, 자책의 자리는 고양이가 차지했다. 이제 나는 '왜 잠을 자기 어려운지' 생각하는 대신 찌그러진 호빵처럼 털이 눌린 고양이의 얼굴을 생각한다. 스스로 '왜 이렇게 유난인지' 고민하는 대신 잠에 취해 눈을 제대로 뜨지 못하면서도 내게 오는 고양이의 발걸음을 생각한다. 잠 못 이루는 밤들을 고양이와 함께 보내면서 알게 되었다. 어떤 존재는 그저 존재함으로 긴긴밤을 버틸 만하게 해 준다는 걸.

불면은 언제고, 몇 번이고 내게로 돌아올 것이다. 나는 잠 대신 고양이를 보듬고 밤과 아침 사이의 더딘 시간을 견디겠지. 고행 같기도, 다른 시공간으로의 짧은 유배 같기도 한 불면의 밤을 헤르만 헤세Hermann Hesse는 이렇게 표현했다.

"잠은 자연이 주는 귀중한 선물이자 친구이고 피난처

이며 마법사이자 따뜻한 위로자이다. 그래서 나는 오랜 불면증으로 괴로워하고 새벽녘 쪽잠에 만족하는 법을 배운 사람에게 진심으로 연민을 느낀다. (중략) 누구의 방해도 받지 않고 생각에 잠기는 외로운 시간을 정적 속에서 보내본 사람만이 따뜻한 시선과 사랑으로 사물을 가늠하고 영혼의 바탕을 보고 인간적인 모든 약점을 관대하게 이해할 수 있다."*

불면의 영토에서 서성거리는 이들에게 위안을 주는 문장이다. 책의 내용으로 유추하자면 헤르만 헤세 자신도 불면증을 앓았던 것 같다. 불면과 밤을 사유한 챕터를 나는 잠이 오지 않는 밤마다 한 번씩 꺼내 읽었다. (그래서 불면을 다룬 초반부 페이지들만 나달나달하고 후반은 깨끗하다.)

사실 『밤의 사색』이라는 제목의 이 책은 표지의 사진에 이끌려 구매했다. 책 표지에는 영화 〈마녀 배달부 키키〉에 나오는 검은 고양이 '지지'와 꼭 닮은 고양이가 아름다운 눈망울로 밤을 바라보고 있다. 밤을 바라보는 고양이와 헤르만 헤세라니. 불면증과 허세가 있는 독서인으로

---

* 헤르만 헤세, 『밤의 사색』, p.18~20, 반니, 2019

참을 수 없는 조합이다. (참고로 헤르만 헤세 역시 고양이 집사였다.)

적당히 일을 해서 적당히 피곤한 오늘, 나는 쉬이 잠을 이룰 수 있을까. 잠 대신 불면이 찾아온다면 조용히 미끄러지듯 침대를 빠져나가 헤르만 헤세의 책과 고양이를 만나야지. 잠들지 않아도 괜찮다고 알려 주는 밤의 전령사들을.

너의 모순을 안 듯

글쓰기 모임에서 만난 친구가 내게 말했다. "쓰신 책을 읽고 조금 놀랐어요. 제가 생각했던 이미지와 달라서…." 몇 차례의 만남을 통해 우리는 로맨스, 유년, 고통에 대한 글들을 함께 쓰고 읽은 사이였다. 누군가의 뜨거운 사랑 이야기에 함께 심취하고, 다른 누군가의 내밀한 상처에 같이 울었다. 눈물과 웃음이 자유롭게 범람했다. 글을 타고 우정의 기류가 흐르는 모임이었다. 그에게 나는 잘 웃고,

잘 울고, 실없는 소리를 곧잘 하고, 타인의 글을 공들여 읽는 사람이었으리라. 그러다 방송업계 내부 고발 같은 내 책을 읽고 놀라고 말았던 것이다. '노동 분투기? 같은 사람 맞아?'

가끔 듣는 이야기다. 책으로 나를 먼저 만난 이들은 내가 생각보다 멍해서 놀라고, 나를 먼저 알던 친구들은 책이 생각보다 무겁다고 놀란다. 그럴 때마다 조금 민망하다. 그간 구태여 드러내지 않았던 나의 이면을 상대방에게 들이민 기분이라서. 그것보다 실은 내가 이면과 모순을 여럿 가진 사람이라서.

나는 멍한 사람치고는 투지가 있고, 투지가 있는 사람치고는 너무나 게으르다. 귀찮은 것을 싫어하는 주제에 일 벌이는 건 또 좋아해서 늘 스스로 벌여 놓은 일을 수습하느라 허덕인다. 이렇게 이면과 모순을 겹겹이 두르고 살아서 더욱 한결같은 사람을 동경하는지도 모르겠다.

신기하게도 내 주변에는 한결같은 이들이 많다. 언제 보아도 종달새처럼 농담을 조잘대서 나를 웃게 하는 글벗 S는 늘 만남이 기다려지는 사람이다. 그런가 하면 말수가 적고 성품이 너른 나무 같은 친구 P는 그저 곁에만 있어도 의지가 된다. 이들이라고 왜 곡절이 없겠는가. 비참한 날의 농담은, 눈물 나는 날의 친절은 그래서 더 근사하다. 한결같음과 꾸준함이 진실로 강한 것이라는 걸 이제는 안다. 이도 저도 아닌 나는 그저 이들 지근거리에서 활기를 나누어 받고 넉넉한 마음에 가끔 기댄다.

이들에 비하면 나는 한결같이 한결같지 못한 인간이다. 그런 자신을 데리고 사는 일이 가끔 괴롭다. 이를테면 의욕적으로 업무 제의를 받아 놓고 며칠 만에 무기력에 빠져 첫 번째 원고부터 마감일이 다 되도록 백지만 쳐다보고 있을 때. 혼자 식사할 땐 페스코 식단(육류는 섭취하지 않고 생선과 해산물과 야채 위주로 먹는 것)을 하기로 결심해 놓고 한 달도 되지 않아 배달앱을 열어 치킨을 주문할 때. 우울을 털어놓는 친구에게 위로를 건네면서도 내가 겪는 불면과 불안 증상은 고백할 용기가 없을 때. 내킬 때에는 편도 두 시간 거리 친구네 동네에 먼저 찾아가면서 마음에 조금만 여유가 없어져도 1년이고 2년이고 두문불출할 때. 운동도, 취미도 화르륵 불타올라 덤벼들었던 주제에 금방 염증을 느끼고 그만둬 버릴 때. 의욕 과다와 무기력, 세심함과 무심함, 당참과 연약함, 열정과 권태를 휘청이며 넘나들 때. 그러다 스스로의 모순을 직시할 때.

나로 사는 일이 부대낄 때면 함께 사는 고양이를 응시

한다. '그래, 나보다 더한 녀석이 저기 있었지.' 고양이를 보고 있노라면 기묘한 위안이 찾아온다.

고양이는 도무지 예측이 안 되는 존재다. 개처럼 표정이 풍부하지도 않고, 한없이 애정을 퍼 주기만 하지도 않는다. 치근덕대서 안아 주면 귀찮은 듯 품을 빠져나가고, 졸린 듯 보여서 자라고 두면 장난감을 물고 온다. 혼자 있고 싶은가 생각해서 방을 나오면, 어느새 따라와 애처로운 눈빛으로 나를 본다. (그 모습이 사랑스러워 안아 주면 다시 품을 빠져나가는 도돌이표에 빠진다.)

거기에 더해 고양이는 태생이 모순적이다. 고양이과 맹수*에 속하지만 같은 과 동물 중 드물게 작고 연약하다. 사냥 본능이 있는 육식동물인 주제에 겁이 많아서 작은 소리에도 용수철처럼 튀어 오르며 놀란다. 잠이 많은데 청력이 예민해서 자는가 하면 깨고, 깨는가 하면 잔다. 사막이 고향인 동물답게 배설물 냄새는 지독한 반면 몸에서는 희미한 햇볕 냄새나 먼지 냄새만을 풍긴다. 이 모든 모순을 갖고도 고양이는 우아하고 당당하다. 내 마음이 제 것인 양 당연하게 사랑받는다. 쓰다듬어 주는 손길을 자연

---

* 같은 고양이과 동물로는 사자, 치타, 표범, 재규어, 호랑이 등이 있다.

스럽게 즐긴다. 이런 매력으로 녀석들은 평균 15년의 짧은 생을 살지만 함께 살았던 인간이 평생 자신을 그리워하게 만든다.

고양이의 불완전함과 예측 불가능성을, 부드러움과 날카로움을, 예민함과 연약함을 받아들이는 일은 그리 어렵지 않았다. 그런데 스스로를 있는 그대로 받아들이는 일은 왜 이렇게 어려울까. 오늘도 부지런한 마음으로 게을렀던 나는 그저 주문처럼 한 시의 구절을 읊는다.

"오늘도 무사히 하루의 끝으로 왔다

나의 범람,
나의 복잡함을 끌어안고서"

_안희연, 「물결의 시작」, 『당근밭 걷기』, 문학동네, 2024.

낯선 과일과 언어와 거리와, 고양이

1.

대학생 시절 첫 해외여행에서 망고스틴을 맛보던 순간을 기억한다. 목화꽃처럼 탐스럽게 생긴 과육을 입에 넣으니 달큼한 즙과 함께 은은한 산미가 느껴졌다. 입 안에서 여름의 조각이 터지는 것 같았다. 생경한 열대 과일의 맛에 자꾸 웃음이 났다. 그건 낯선 세상의 맛이기도 했다. 세계는 내가 모르는 과일과 언어와 거리로 가득하구나. 그날 이후로 여행은 내가 내게 주는 가장 좋은 것이 되었다.

학생 시절에는 아르바이트를 해서 홀로 여행을 다녔다. 주머니 사정이 넉넉하지 않으니 주로 가까운 일본이나 홍콩을 오갔다. 직장생활을 하면서는 이직을 할 때마다 처음 가 보는 나라들을 짧게 혹은 길게 유랑했다. 내가 하는 여행은 나처럼 밋밋했다. 쇼핑도 액티비티도 없이 노천카페에서 커피를 마시며 멍하게 있거나, 미술관에서 마음에 드는 그림 앞을 오래 서성거리거나, 거리를 걸으며 고양이를 보거나, 시장에서 치즈에 저렴한 와인을 사다 먹거나 하는 일이 전부였다. 그런 사소한 일들이 호기심을 채우고 마음을 고양시켰다. 내겐 그거면 충분했다.

이국의 여행지에서는 유독 동네 고양이들과 자주 마주쳤다. 스페인의 바닷가 마을 네르하에서는 날렵한 몸매의 어린 고양이와 함께 길을 걸었고, 리스본의 상 조르제 성에서는 낮잠 자는 고양이 곁에서 망중한을 즐겼다. 홍콩의 미드레벨 에스컬레이터 근처 언덕길에서는 약재상 앞을 어슬렁거리던 고양이와 친해져 한참을 놀기도 했다. 세계 어딜 가도 고양이를 만나고 어울리는 일이 어렵지 않았다. 카페든 시장이든 공원이든 발길 닿는 어디에나 고양이가 있었다.

2.

그 가운데서도 잊을 수 없는 고양이를 꼽는다면 이탈리아 소렌토에서 만난 '푸파'다. 이탈리아 남부, 캄파니아 주에 위치한 소렌토는 이탈리아에서도 유명한 휴양지다. 눈 닿는 곳마다 레몬나무와 올리브나무가 가득하다. 반나절이면 볼 것 다 훑는 이 작디작은 도시에서 나와 동행자 B는 며칠이나 머물렀다. 그것도 숙소에서 두문불출하면서.

소렌토는 부산처럼 항구에 위치한 곳이지만 독특하게 도시가 절벽 위에 올라 있다. 나는 그 절벽마을에서도 한참을 더 올라간, 산꼭대기 숙소를 골랐다. 한 대문 안에서 주인은 안채에 살고 투숙객은 별채에 묵는 방식이었다. 이곳에서 보는 소렌토의 전경이 끝내준다는 후기도 끌렸지만 예약 버튼을 클릭한 것은 숙소 소개의 이 문구를 보고 나서였다. '안채에 고양이 키움.'

절벽 위, 산꼭대기에 있는 레몬 농가에서 고양이와 뛰놀 수 있다니. 숙소의 청결도나 전망보다 더 매혹적인 조건이었다. B와 나는 체크인을 하기 전에 산 아래 슈퍼마켓에 들렀다. 파스타 소스와 면, 그리고 고양이 캔을 잔뜩 샀다. 이미 소렌토 곳곳을 둘러보겠다는 마음은 사라진 지 오래였다.

숙소로 가는 길은 등산에 가까웠다. 계단을 30여 분쯤 오르느라 벌게진 얼굴로 숙소에 도착했다. 하지만 도착하자마자 펼쳐진 전망을 본 뒤로 우리는 군소리를 하지 않았다. 소렌토 시내는 물론 지중해와 저 멀리 베수비오 산, 나폴리까지 품고 있는 숙소 앞뜰의 전경은 숨이 멎게 아름다웠다. 게다가 짐도 풀기 전에 레몬나무 사이로 조심스레 얼굴을 내미는 녀석들이 보였다. 한 마리도 아니고 줄잡아 서너 마리의 고양이들. 그 깜찍한 녀석들은 우리를 햇살 아래 아이스크림처럼 흐물흐물 녹게 만들었다.

고양이와 인사하는 우리를 흐뭇하게 보던 주인 할머니 안젤라. 그녀가 잠시 사라지더니 선물이라며 직접 짠 올리브유와 손수 만든 리몬첼로*를 내왔다. 초면인데 엉겁결에 '건배'를 했다. 독하고 달콤한 레몬 리큐어를 마시고 나서 우리 셋은 마주 보며 웃었다.

이곳에 머무는 동안에는 고양이들 식사를 챙겨도 좋다는 허락을 받았다. 이후 내가 매일 눈 뜨자마자 가장 먼저 한 일은 고양이들 캔 따 주기였다. 마음을 열까 말까 고민하던 녀석들도 캔 하나면 친구가 될 수 있었다. 그 가운데

---

* 이탈리아 남부에서 주로 생산되는 레몬 리큐어. 달콤하지만 얕보면 안 된다. 도수가 30도에 달한다.

서도 유독 우리와 친해진 고양이는 노란 치즈 태비 '푸파'였다. 푸파는 우리가 캔을 딸 기미만 보이면 일등으로 달려와 발과 발 사이를 오가며 갸르릉거렸다.

머무는 시간이 길어지자 푸파는 자연스레 우리가 지내는 별채에 자주 드나들었다. 아침에 침실 문을 열고 나가 보면 태연하게 식탁에 길게 누워서 그루밍을 하고 있기도 했다. 우리는 유적지도, 맛집도 찾아다니지 않고 산장 같은 숙소에서 모기에 몸을 뜯기고 맛없는 파스타를 만들어 먹었다. 고양이와 함께 비치 의자에 길게 누워 해바라기를 하기 위해서. 지중해 바다를 보며 고양이 캔을 따 주기 위해서.

로마에서 시작해 베로나를 지나 피렌체와 포지타노까지 이탈리아의 여러 지역을 여행했지만, 소렌토만큼 떠나기 어렵던 도시는 없었다. 자꾸 뭔가 먹이려 들던 집주인 안젤라와도, 인형처럼 깜찍한 푸파와도 정이 들어 버린 것이다. (후에 이탈리아어 사전을 검색해 봤더니 푸파라는 단어는 '인형'이란 뜻을 지니고 있었다.) 떠나는 날 안젤라와 몇 번이나 포옹을 했는지 세기가 어렵다. 그러고도 아쉬워 자꾸 뒤를 돌아보던 기억이 난다. 그들은 잘 지내고 있을까. 푸파는 이제는 의젓한 중년의 고양이가 되었을 것이다.

3.

소렌토 이후로 나는 여행을 하면서 에어비앤비나 민박에 묵게 될 때면 은근히 고양이가 있는지를 확인하게 되었다. 동네 고양이에게 친화적인 숙소인지도 체크했다. 제주를 여행할 때에도 동네 고양이가 자주 오간다는 숙소에 머물면서 고양이들에게 줄 간식을 잔뜩 챙겨 두었다. 고양이들은 뿌듯하게 한 봉지도 남기지 않고 맛있게 먹어 주었다. 여행지에서 동네 고양이와 짧은 연을 맺는 일은 여정의 즐거움이 되기도 했다.

이곳저곳 여행을 하다 보니 세계 곳곳에 '고양이 마을'이 있다는 사실도 알게 되었다. 고양이와의 공존을 전면에 내세운 고장들이었다. 그 가운데서도 대만의 허우통 마을, 일본의 아오시마 섬은 언제가 꼭 한 번 가 보고 싶은 지역들이다.

대만의 허우통은 과거 광산도시였지만 여행자들 사이에서는 고양이 마을로 더 유명하다. 마을의 주민들이 동네 고양이들을 정성으로 돌보는 모습이 한 사진가를 통해 세상에 알려졌고, 지금은 고양이를 사랑하는 이들이라면 한 번쯤 들어봤을 정도로 유명한 여행지가 되었다. 수도인 타이베이에서 기차로 약 한 시간 거리인데, 그야말로 고양이들의 천국이라고 불릴 만하다. 허우통 역에 도착하는 순간부터 기차역 안에서 오수를 즐기거나 산보를 하는 고양이들을 어렵지 않게 볼 수 있다. 역에도, 길에도, 상점에도 온통 고양이들이 진을 치고 있다. 심지어 펑리수*도 고양이 모양이라고 하니 더 솔깃하다.

일본의 아오시마 섬 역시 대만 허우통만큼 잘 알려진 고양이 천국이다. 그런데 가는 길이 험난하다. 일본의 남쪽 지역인 마츠야마에서도 기차와 배를 차례로 타고 본 섬까지 들어가야 한다. 그렇게 고생을 해 가며 도착하면 정말 고양이 말고는 아무것도 없다(식당도, 매점도, 그 흔한 편의점조차도 없어서 마실 것과 먹을 것을 충분히 챙겨 가야 한다고). 하지만 그럼에도 여행자들은 꾸준히 아오시마를 찾는다. 마츠야마에서부터 왕복 세 시간이 넘는 경로를 기꺼이 감내한다. 오로지 고양이들을 만나기 위해서. 자유롭고 평화롭게 살아가는 고양이들을 보기 위해서.

허우통과 아오시마보다 더 궁금한 곳이 있다면 튀르키예다. 허우통이나 아오시마가 고양이 특화 마을이라면 튀르키예는 어디라고 할 것 없이 나라 전역이 고양이의 낙

---

* 파인애플 잼과 버터, 밀가루, 달걀, 설탕 등을 넣어 구운 대만의 과자

원이다. 튀르키예에 다녀온 이들은 모두 입을 모아 말한다. "정말 고양이가 많았어. 어디에나 고양이가 있었어."

'세상에서 가장 행복한 고양이는 튀르키예의 고양이'라는 말이 떠돌 정도니 어련할까. 기사나 블로그를 통해 튀르키예 여행기를 볼 때면 고양이가 없는 포스트를 찾아보기 어려울 정도다. 녀석들은 태연하게 사람들의 무릎에 올라가서 낮잠을 자거나 심지어 오케스트라 연주 무대에도 난입*한다.

더 놀라운 건 이들을 대하는 튀르키예 사람들의 태도다. 오케스트라 단원들도, 여행 사진 속 주민들도 고양이를 치우거나 쫓아야 하는 존재로 여기지 않는다. 이들은 오케스트라 무대에 불쑥 나타난 고양이에게 "오늘 밤의 훌륭한 솔리스트"라는 별명을 붙여 준다. 벤치에 고양이가 먼저 앉아 있으면 자연스레 옆자리에 앉는다. 튀르키예의 고양이들은 지역민들과 함께 당당히 동네의 일원으로 지내고 있었다. 도시의 구석으로 밀려나 사람을 두려워하고 움츠러든 모습의 한국 고양이들과는 마음이 아플 정도로 다른 처지였다.

---

* 오케스트라 공연 중 깜짝 등장한 주인공은 '고양이'?(2024.6.11. KBS 뉴스)

실은 대만이나 일본의 경우도 튀르키예와 크게 다르진 않을 것이다. 내가 만난 여행지의 고양이들은 지역민들에게 '도둑고양이'* 취급을 받지 않았다. 그들은 쓰레기통 뒤에 숨지 않고 공원의 한가운데에서 자연스레 볕과 바람을 누렸다. 사람을 두려워하거나 과도하게 경계하지도 않았다. 해코지를 겪지 않았다는 뜻일 테다. 그래서 여행지에서는 애처로움도 괴로움도 없이 담박하게 고양이를 볼 수 있다.

여행을 좋아하지 않았더라면 돈과 시간이 더 넉넉했을 것이다. 하지만 내 여행 가방은 언제라도 바로 떠날 수 있도록 잘 닦인 상태로 가장 꺼내기 편한 서랍에 놓여 있다. 아직 맛보지 못한 과일들이, 들어 보지 못한 언어가, 걷지 못한 거리가, 만나 보지 못한 고양이가 너무 많아 가슴이 뛴다. 이 나이에도 설레게 하는 무언가가 있다니, 이런 건 소중히 여기고 싶다.

---

* 길고양이를 낮잡아 이르는 말

하지 않는 방법

코끼리는 저 멀리서부터 걸음 속도를 줄이지도, 높이지도 않고 일정하게 걸어왔다. 손 뻗으면 닿을 거리까지 오고서 코끼리는 차분하게 걸음을 멈췄다. 지근거리에서 보니 생각했던 것보다 훨씬 몸집이 컸다. 얌전했지만 어딘가 늙고 지쳐 보이는 인상의 코끼리였다. 진회색 몸 곳곳에는 흙탕물이 말라붙어 부스러져 있었다.

태국인 직원이 손을 내밀어 우리를 한 명씩 코끼리 등

에 올라탈 수 있도록 부축했다. 스물한 살 여자 두 명을 태운 코끼리는 끙 소리 한 번 내지 않고 다시 느리게 걷기 시작했다. 코끼리의 걷는 속도와 방향에 맞춰 내 몸도 리드미컬하게 흔들렸다. 열대의 이국, 작열하는 태양 아래서 나는 이 모든 것이 신기하고 즐거웠다. 그래, 즐거웠다.

여기까지 생각하다 나는 '으으' 하는 기이한 소리를 내며 진저리를 친다. 한때는 즐거웠던 기억이 이제 더는 그렇지 못하기 때문이다. 아주 오래전 일인데도 '코끼리 타기 관광'을 했던 기억을 떠올리면 누구 발이라도 밟은 것처럼 화들짝 놀라고 만다. 누가 뭐라고 한 것도 아닌데 혼자 있어도 부끄럽다. 이게 다 고양이 때문이다.

고양이를 키우기 전까지 나는 동물에 무지한 사람이었다(아주 어린 시절에 진돗개를 키웠지만 너무 일찍 이별을 했기에 기억이 많지 않다). 자라고 나서는 가끔 마주치는 이웃의 강아지나 한 번씩 예뻐할 줄 알았지 그 외에는 관심도 없고, 딱히 알고 싶다는 생각도 하지 않았다. 그저 귀여운 강아지를 보면 몇 초쯤 인사를 나누는 게 고작이었다. 그러던 내가 강아지도 아닌 고양이 동거인이 될 줄이야.

그간 나는 고양이 등허리를 어루만지며 네 번의 이사와

이직과 해고와 또 다른 업을 찾는 일들을 통과했다. 이제 내 삶과 고양이를 분리할 수 없게 되어 버렸다. 버터가 스르륵 녹아 스며든 팬케이크처럼, 고양이가 삶에 완벽히 녹아들어 분리할 수가 없다. 고양이를 떼어 내면 내 생의 일부도 떨어져 나갈 것이다.

고양이를 키우며 알았다. 누군가를 삶에 들이는 건 상대방 하나만 오는 게 아니라는 걸. 고양이를 키운다는 건 고양이를 둘러싼 세계도 함께 온다는 의미였다. 실제로 나는 두 번 버려졌던 첫째 고양이를 키우면서 '반려동물은 펫숍에서 사는 것'이라던 과거의 생각에서 벗어나 반려동물 입양이라는 세계에 눈을 떴다.

내 세상은 점차 이 털뭉치 동물을 중심으로 재편됐다. 과거에는 별것 아니던 일들이 고양이라는 세계를 만나고 나니 죄다 별것이었다. 이제 나는 유튜브의 사랑스러운 먼치킨 고양이나 스코티쉬폴드 영상을 보지 않는다. 먼치킨의 경우 짧은 다리를 위해, 스코티쉬폴드는 접힌 귀를 위해 인위적으로 개량되어 유전병에 걸릴 확률이 높다는 것을 알게 되었기 때문에.

심지어 스코티쉬폴드의 경우 폴드와 폴드끼리 교배를 하면 99%가 유전 질환에 걸리게 된다는 충격적인 사실도 알게 되었다.* 몰랐다면 모를까 알고 나니 귀여움으로 무장한 먼치킨과 스코티쉬폴드의 영상을 소비하기 어려워졌다.

또 산책을 하다 펫숍을 지나가게 되면 옛날처럼 유리창에 달라붙어 조그마한 강아지들을 구경하지 못한다. 그 대신 나는 상품처럼 강아지와 고양이 열댓 마리를 전시한 펫숍을 최대한 빠른 걸음으로 지나친다. 낮이고 밤이고 지나치게 조도가 높은, 창백한 하얀빛 아래서 몸집이 커지지 않도록 제한된 식사를 하고 산책도 하지 못하는 강아지를 보는 일이 편치 않아서다. 펫숍의 동물들은 작을수록, 앙증맞을수록 잘 팔린다. 펫숍에서는 품종묘와 품종견을 최대한 작게 상품화해서 내어놓는다. 그곳에서 사람들은 입양 대신 구매를 한다. 길을 걷다 펫숍이 시야에 들어오면 쇼윈도에 전시된 강아지와 고양이들을 보지 않으려고 먼 곳에 시선을 고정한다. 어쩌다 눈이 마주치면 마음이 괴로우니 피하는 거다. 그렇게 점차 불편한 게 많은 사람이 되어 간다.

이제 그 불편함은 돌고 돌아 나를 겨눈다. 고양이를 키

---

* 순종 고양이들과 유전병(2017.9.19. 뉴스1)

우기 전의, 아무렇지 않게 동물을 소비하던 과거의 나를 지금의 내가 직시한다. 시작은 우연히 본 기사 한 건이었다. 코끼리 타기 관광을 지양하자는 내용의 기사를 읽으며 나는 적잖게 충격을 받았다.

기사 내용은 이렇다. 코끼리는 지능이 높고 자의식이 강해 인간에게 쉽게 굴복당하지 않는 야생동물이다. 하지만 이런 코끼리를 쉽게 이용하고 관광 수단으로 만들기 위해 꼬챙이로 반복해서 학대하는 행위가 이뤄지고 있다*는 것이었다.

기사 내용과 내 '코끼리 관광' 경험을 번갈아 떠올리니 어디론가 숨고만 싶었다. 물론 동물 학대라는 걸 알았다면 코끼리 관광을 하지 않았을 것이다. 그래도 무지해서 해맑았던 내 모습을 떠올리면 여전히 괴롭다.

한번 수면 위로 떠오른 기억은 또 다른 기억을 소환했다. 아쿠아리움에 가서 돌고래 쇼를 보며 손뼉을 쳤던 일(바다에서 포획된 뒤 돌고래 쇼와 체험에 이용되는 돌고래들은 스트레스로 폐사하기도 한다)이라든가, 관리가 잘 되지 않는 작은 동물원에 가서 동물들을 구경했던 일(일부 소규모 동물원

* "코끼리 관광상품에 숨은 잔인한 학대를 알린다"(2019.5.28. 애니멀라이트)

은 수익을 위해 좁은 공간에 동물을 전시하는 등 동물복지 문제를 안고 있다)들까지. 잊고 살았거나 가끔 기억해도 무심했던 일들에 이제는 부끄러움을 느낀다.

이 일화들이 단순히 부끄러움으로 남지 않기 위해서 무얼 해야 할까. 요즘의 나는 '하지 않는 방법'을 익히고 있다. 그토록 좋아하던 아쿠아리움의 개복치를 보는 일도, 봄날의 동물원에 가서 날씨를 즐기는 일도 이제는 하지 않는 편을 택한다. 식단을 짤 때는 되도록 붉은 고기보다는 흰 고기를 택하고, 흰 고기보다는 채소와 생선을 택한다. 업무 특성상 열에 일곱 번은 홀로 식사를 하는데, 혼자 밥을 먹을 때는 육류를 섭취하지 않으려 한다(물론 자주 실패한다).

사실 이런 일들은 문장으로 옮겨 쓰기 민망할 만큼 가벼운 것들이다. 내 주변에는 동물권을 생각하다 비건이 된 사람도 있고, 동물 털이 함유된 물건은 결단코 쓰지 않는 사람도 있다. 이런 일들에 비하면 내가 하는 일이란 고작 아쿠아리움에 발길을 끊고, 우유 대신 두유를 마시고, 동물복지마크가 없는 계란을 사지 않는 것들뿐이다.

하지만 이 사소한 행위조차도 고양이를 키우기 전에는 일체 하지 않았던 일들이다. 고양이를 삶에 들이기 전에는 인간이 아닌 존재들에 대해 단 한 번이라도 깊게 생각해 본 일조차 없다. 내 사고는 철저히 인간 중심적이었다.

고양이로 인해 나는 비인간 존재들과 아주 조금은 더 가까워졌다. 부끄러운 과거가 많아졌고 되도록 먹지 않는 음식도 있다. 불편을 감수하고라도 지키고 싶은 어떤 마음가짐이 생겼다. 그러니 이 모든 일은 고양이 덕분이다.

다른 시간

얼마 전, 천장 수리를 위해 하자 보수 업체 기사님이 우리 집에 방문하셨다. 기사님은 두 고양이를 보시고는 "몇 살이에요?" 하고 물으셨다. 반야는 열한 살, 애월은 아홉 살이라고 답해 드리자 기사님은 "어이구 나이가 많네"라고 혼잣말 비슷하게 감탄하셨다.

무심하게 답했던 나는 기사님의 말에 조금 놀랐다. 우리 집 고양이들이 남들 보기에는 중장년이구나 싶었달까.

평소엔 두 고양이의 나이를 잘 떠올리지 않고 지내서 더 그랬을 것이다. 어쩌면 나는 녀석들이 착실히 나이 들어가고 있다는 사실을 외면하고 싶었던 것 같다. 내 노화보다 내 고양이들의 노화를 떠올릴 때 마음이 더 불안하니까.

누군가 그랬다. 반려동물과 함께하는 삶은 '영원히 자라지 않는 아이를 키우는 일'이라고. 요즘 나는 이런 생각을 한다. 반려동물과 살아가는 건 '나보다 먼저 늙는 아이를 키우는 일'이라고. 포털 사이트에 나와 있는 고양이 나이 환산법(성장이 완성되는 1세까지는 20살로 치고, 2살부터는 4세씩 증가하는 것으로 계산)에 따르면 열한 살인 반야는 사람 나이로 60세고, 아홉 살인 애월은 52세가 된다.

반야의 노화를 처음 알아챈 건 식탁 언저리에서였다. 반야는 타인에게는 새침하지만 내게는 늘 애정을 갈구하는 응석받이다. 내가 식탁에서 일할 채비만 하면 식탁으로 가볍게 점프한 뒤 노트북 옆에 털썩 드러누워 '일이고 뭐고 일단 쓰다듬어 줘'라는 얼굴로 야옹거리는 게 일상이다. 하지만 얼마 전에는 식탁에서 노트북을 펼쳤는데도 달려오는 소리가 들리지 않았다.

나는 '반야가 낮잠을 자나 보다' 생각한 뒤 문서 창을 켰다. 그때 발치에서 냐아아- 하고 쉰 목소리가 들렸다. 아래를 보자 반야가 보였다. 그런데 어딘가 이상했다. 반야가 자꾸 식탁을 보며 몸을 주춤거렸다. 잠시 녀석을 관찰한 뒤 알 수 있었다. 사뿐하게 점프하고 싶은데 관절이 따라 주지 않으니 머뭇거리며 울고 있는 거였다.

그날 나는 반야를 식탁으로 안아 올리며 조금 울었다. 열 살이 넘었어도 마냥 아기 같아 보였던 내 고양이의 늙음을 직면하는 일이 버거워서. 인간의 시간보다 급하게 흐르는 고양이의 시간을 붙잡고 싶어서. 함께할 시간이 줄어드는 게 조바심이 나서. 무엇보다 고양이들이 내 곁을 떠난다는 걸 생각만 해도 두려워서.

반야의 몸에서 한번 노화를 발견하고 나니 예전과 다른 것들이 자꾸 눈에 들어왔다. 에센스를 바른 것처럼 늘 윤기가 흐르던 털은 어느새 푸석해졌고, 사냥놀이도 예전처럼 오래 하지 못한다. 좋아하던 장난감을 꺼내 흔들어도 녀석은 뛰는 둥 마는 둥 하다 바닥에 앉아 딴청을 피운다. 잠도 부쩍 늘었다. 원래도 고양이는 많이 자는 동물이지만, 요즘 반야는 하루 대부분을 잠으로 보낸다. 나나 가족이 오며 가며 쓰다듬어 줘도 그때뿐, 반야는 눈을 끔벅이다가 볕이 잘 들어오는 자리로 어슬렁 걸어간 뒤 다시 존다. 햇살 속에서 잠든 반야의 터럭이 희끗하다. 내 어린 고양이가 어느새 나를 앞질러 늙고 있음을 절감하는 나날들이다.

그렇지만 역설적으로, 고양이의 노화를 알아차린 뒤 나는 더 잘 살고 싶어졌다. 틈이 날 때마다 고양이들과 눈 맞춤을 하고, 일을 하다가도 잠시 짬을 내서 자고 있는 녀석들의 따끈한 몸을 쓰다듬는다. 가끔은 아무것도 하지 않고 그저 고양이를 보면서 시간을 보내기도 한다. 사랑하는 존재의 늙음을 보는 건 정말 쉽지 않지만, 그만큼 생의 유한성과 소중함을 절절하게 깨닫는 일도 없을 것이다.

요즘 나는 반려견이나 반려묘를 떠나보낸 경험이 있는 사람들과 적극적으로 이야기를 나눈다. 예전에는 감정이 요동치는 게 싫어서 관련 주제를 기피했었는데 이제는 언젠가 내게도 닥칠 일이라는 걸 인정하고 먼저 겪은 사람들의 말을 귀담아듣는다. 대화를 나누다 귀한 지식도 얻었다. 반려동물에게 노환이 오면 병원비가 눈덩이처럼 커지니 미리 예금이나 적금을 활용해서 따로 돈을 모아 두면 좋다는 것. 이사를 하게 되면 집 근처 24시간 동물병원 위치와 가는 길을 가장 먼저 파악해 두라는 것. 사진과 영상을 틈 날 때마다 많이 찍으라는 것. 나는 먼저 겪은 이들이 나누어 주는 이런 이야기들을 소중하게 받아 마음에 담는다. 불안에 송두리째 잠식당하지 않도록. 고양이와 함께하는 시간들을 더 충만하게 보낼 수 있도록.

물론 아무리 주변인에게 이야기를 듣고 마음을 다잡아도 나이 든 고양이와 사는 한 불안은 언제나 내 곁을 서성일 것이다. 나는 녀석들의 음수량이 줄면 줄어서, 늘면 늘어서 걱정을 하게 될 거다. 어쩌자고 고양이를 마음속 가장 말랑하고 연약한 곳에 입주시켜서 이 사달을 냈을까. 하지만 사실 나는 알고 있다. 고양이가 처음 내 몸에 찹쌀떡 같은 앞발로 꾹꾹이를 하던 그날, 슬그머니 다가와 처음 내 허벅지를 베고 자던 그날부터 알고 있었다. 나는 이 잠 많고 털 많고 보드라운 발바닥과 세모난 입을 가진 생명체와 기꺼이 생을 함께하리라는 걸. 그로 인해 많이 웃고 많이 울기도 하리라는 걸. 가끔은 불안을 쓰다듬으며 밤을 보내기도 하리라는 걸. 이미 알고 시작한 일이다. 그러니 괜찮다. 부디 우리 집에 고양이 털이 오래오래 흩날리기만 바랄 뿐.

무지개다리 너머를 말하는 연습

얼마 전 노견을 키우는 지인 K와 커피를 마시다 느닷없이 울었다. 갑작스레 터져 나온 감정에 상대방보다 내가 더 당황했다. 그날 우리는 나이 든 개와 고양이에 대한 이야기를 하던 중이었다. 우리 집 고양이가 벌써 사람 나이로 60대 중반이라는 말을 하는 도중에 예고도 없이 눈물이 탁자로 떨어졌다. 나는 황급히 휴지로 눈가를 찍어 내며 말했다. "아니 나 갑자기 왜 이러지. 미안해." 휴지 너머로

K를 바라보니 그도 눈자위가 불그스름해져 있었다. 나는 이상한 안도감을 느끼며 조금 더 울었다.

그날의 묘한 기분이 아직도 떠오른다. 그건 반려인이 다른 반려인에게 구한 정서적 연대 같은 것이었다. 고양이의 질병과 죽음에 대한 이야기는 그 자체로 너무 무거워서 누군가에게 쉽사리 털어놓지 못했었는데, 마침 노견을 키우는 지인을 만나 비슷한 고민을 나누다 보니 자연스레 내 두려움도 꺼내 놓을 수 있었다. 그날 우리는 슬픔에 대해 말했지만 마냥 슬프지만은 않았고, 대낮에 코가 빨개지도록 울었지만 어딘가 후련한 얼굴로 헤어질 수 있었다.

반려동물과 함께 사는 사람들은 반려동물이 세상을 떠나면 '무지개다리를 건넜다', '강아지 별로 떠났다', '고양이 별로 떠났다'라고 표현한다. 나는 동물과 함께 살아 본 사람이라면 이 표현을 이해할 수 있을 거라고 믿는다. 말도 통하지 않는 존재를 이토록 지극히 아끼게 될 줄은, 그리고 이토록 서둘러 떠나보내야 할 줄은 모르고 살아서 이별이 더 황망하기 때문에. 채울 일 없어 텅 빈 강아지 전용 밥그릇이나 쿠션 위에 붙은 가느다란 고양이 털을 보고 수백 번 무너져야 할 것을 미리 안다면 어찌 쉽게 반려동물을 입양할 수 있을까.

그렇기에 '무지개다리'나 '고양이 별'이라는 말은 반려인들이 동물 식구를 떠나보내며 비는 소원을 담은 말일 것이다. 이 세계가 아닌 다른 곳에서 마음껏 뛰놀기를. 언제까지나 건강하기를. 다시는 아프지 않기를.

이별을 떠올리기만 해도 아픈 마음을 나라고 왜 모를까. 하지만 그렇기에 더더욱 나는 무지개다리 너머를 이야기하는 사람들이 많아지기를 바란다. 진실을 외면하다 상실을 겪고 황망해하기보다는, 괴롭더라도 잘 준비하고 싶다. 하지만 현실은 여의치 않다.

고양이 입양이나 반려동물과 함께 살아가는 일에 대해서는 다양한 자료와 이야기가 존재한다. 그런데 아직까지 반려동물의 죽음과 그 이후에 관해서는 활발한 논의는 고사하고 구할 수 있는 정보조차 한정적이다.

단적인 예로 반려동물의 장례를 떠올려 보자. 어떻게 보내 주어야 할까? 식구가 자주 왕래할 수 있는 양지바른 곳에 묻어 주고 싶은 사람들도 있을 것이다. 그런데 이 방법은 엄밀히 말하자면 지금 한국에서 불법이다. 적법한 절차는 세 가지다. 동물병원에서 의료용 폐기물로 처리를 하거나, 농림축산식품부에 등록된 동물 장묘 업체에 맡기거나, 쓰레기봉투에 담아 배출하거나.

누가 가족을 폐기물이나 쓰레기봉투로 보내고 싶을까. 합법적인 동물 장묘 업체에 가는 것이 최선일 테다. 하지만 지방, 특히 제주에서는 그마저도 선택이 어렵다. 제주에는 동물 장묘 시설이 한 곳도 존재하지 않기 때문이다. 제주도민들은 반려동물이 세상을 떠나면 비용을 추가로 부담해 다른 지역에 있는 장묘 시설에 의뢰해 장례를 치른다. 그렇지 않으면 몰래 묻거나 종량제 쓰레기봉투에 배출해야 하기에 어쩔 도리가 없다. (그나마 다행인 것은 제주도 농축산식품국에서 최근 부지를 확보해 장묘시설 조성을 추진하고 있다고.)

기사를 보면 반려동물과 함께 사는 사람은 1500만 명에 이른다는데, 무지개다리 너머의 이야기는 아직까지도 멀게만 느껴진다. 실제로 이 글을 쓰는 날 기준 한 포털 사이트에 '반려동물 입양'을 키워드로 기사를 검색하니 약 3만 6300건이 집계됐지만, '반려동물 죽음'을 키워드로 찾은 기사는 5810건, '펫로스'는 1420건에 불과했다.

사실 내 고양이와 헤어지는 일은 떠올리기만 해도 두렵다. 그런데 아무런 준비도 없이 마지막을 맞이하는 건 더 두렵다. 알지 못하는 세계 앞에서 무력할 때면 책과 사람을 찾는다. 피터 게더스Peter Gethers의 『마지막 여행을 떠난 고양이』를 도서관에서 빌려 고양이 노튼의 투병기와 마지막 순간을 읽는다. 또 먼저 반려동물을 떠나보낸 주변인들을 만나 서로의 마음을 털어놓기도 한다. 언젠가는 펫로스를 겪는 사람들과 함께 독서 모임을 꾸리고 싶다. 상실과 애도를 함께 말하는 안전한 공간이 있다면 좋지 않을까.

반려동물과 사는 건 적잖은 결심이 필요한 일이다. 일단 입양을 하게 되면 의도치 않게 생활 패턴이 바뀌고, 자유 시간과 돈은 쑥쑥 줄어든다. 무엇보다 가장 큰 용기가 필요한 건 사별 이후의 고적한 시간들이다. 반려동물의 생은 너무도 짧고, 남겨진 우리는 그리움으로 긴 시간을 보내야 한다. 그럼에도 불구하고 반려동물과 함께하는 마음을 나는 용감한 사랑이라고 말하고 싶다.

나는 반려동물과 상실에 관한 더 많은 이야기가 나오기를 바란다. 마지막과 그 이후의 이야기를 듣기를 원한다. 기사로, 칼럼으로, 논문으로, 그리고 에세이로. 반려동물과 함께 산다면 누구나 한번 겪어야 하는 일이기에 먼저 겪은 이들의 지혜와 마음이 절실하게 필요하다.

그러니 이제 용감한 사랑을 하는 반려인들이 자신의 이야기를 더 많이 해 주었으면 좋겠다. 우리에게는 무지개 다리 너머를 위한 연대가 필요하니까.

사랑 없이 사랑을 말하는 일

어느 해 초여름에 시 창작 수업을 들었다. 첫 시간, 목이 길고 목소리가 다감한 시인이 말했다. "'사랑'이라는 단어 없이 사랑을 표현하는 것, 그게 시의 일입니다." 이 말을 듣고 나는 즉시 내 고양이들을 떠올렸다. 사랑이라는 단어를 쓰지 않고 사랑을 표현하는 것, 그거야말로 고양이가 가장 잘하는 일 아닌가 하면서.

이십 대 끝자락에 고양이들을 만나 이제 내 나이도 마

흔이 되었다. 어느 결에 시간이 이렇게 흐른 것인지 어리둥절하다. 어느덧 내 눈가에는 깊은 주름이 자리 잡았고, 반야의 터럭에는 곳곳에 희끗한 털이 보이게 되었다. 이 시간 동안 무얼 했냐고 묻는다면 이렇게 답할 수 있을 것이다. 네 번의 이사를 했고, 여러 차례 이직을 했으며, 책 한 권을 썼다고. 그렇지만 이건 다분히 인간의 관점이다. 고양이적 관점에서 다시 답하기로 한다. 나는 십여 년의 시간 동안 두 고양이에게 지극한 사랑을 배웠다.

파양된 고양이, 야생성이 없어 밖에서 생존이 어려울 거라는 고양이 두 녀석을 차례로 거두며 생각했다. 늘 곁에 있어 주자고. 기다려 주자고. 넉넉한 마음을 주자고. 그런데 정작 늘 곁에 있어 준 것도, 기다려 준 것도 내가 아니라 반야와 애월이었다.

고양이들이 있어 버텨지던 나날들을 떠올려 본다. 회사를 다니던 시절, 과로의 나날들을 무사히 넘길 수 있었던 건 내 발소리를 기억하고 매일 현관에 나와서 맞이해 주는 애월이 있어서였다. 애월은 행인과 나의 발소리를 구분했다. 다른 사람이 집 앞을 지나갈 때면 무사태평했지만 내 발소리가 들리면 현관문 비밀번호를 입력하기도 전부터 나와서 그림처럼 앉아 있었다. 야근을 한 날에도, 새벽까지 회식을 한 날에도 비밀번호를 누르고 현관문을 열면 가장 먼저 애월이 보였다. 어느 날은 물을 마시다 왔는지 입가에 물방울이 맺혀 있었고, 다른 어느 날에는 그루밍을 하다 나왔는지 등의 털이 한쪽만 가지런했다. 하루는 문을 열고 들어갔더니 자다 급하게 나왔는지 평소의 얌전히 앉아 있는 자세가 아니라 앉지도 서지도 못한, 엉거주춤한 자세의 애월과 눈을 마주쳤다. 애월은 상당히 머쓱해 보였다. 그 모습을 보고 있노라면 손가락 까딱하기 힘들 정도로 지쳐 있어도 웃을 수 있었다.

야근과 과로의 나날들뿐만이 아니다. 돌이켜 보면 인생의 곡절마다 나는 고양이 눈을 보고 등허리를 쓰다듬으며 고비를 넘겼다. 한 방송사의 팀에서 쫓기듯 홀로 해고를 당한 시기가 있었다. 순식간에 살이 내리고 '내가 뭘 잘못했을까', '어디서부터 잘못된 걸까'를 끝도 없이 곱씹었다. 그때 나는 자주, 오래 반야의 눈을 들여다보았다. 달리 할 수 있는 게 없어서, 낮에는 고양이를 오래오래 바라보고 밤에는 글을 썼다.

반야의 눈을 들여다보면 이름 모를 어느 행성을 들여다보는 것 같았다. 맑은 노란빛 가장자리에서 시작해 가운데로 갈수록 진해지는 비취색 눈동자에는 금성의 표면 같은 무늬가 있었다. 부드러운 옥색 홍채에서는 도무지 이 세상의 것이 아닌 듯한 생경한 아름다움이, 시시각각 크기가 변하는 동공에서는 일렁이는 생동감이 느껴졌다. 고양이 눈에는 우주가 있다네, 나에게는 고양이가 시인이라네. 가끔 뜻 모를 노래를 흥얼거리며 반야와 눈을 맞췄다.

그렇게 우주의 한 자락을 엿보고 나면, 나는 더 이상 무능하게 해고된 라디오 작가만은 아니었다. 행성 같은 눈동자를 가진 나의 고양이는 내가 유능한지 무능한지 관심이 없었다. 그 애의 관심은 오로지 나의 실존이었다. 내가 존재하기만 하면 (그리고 가끔 츄르를 주문하면) 반야는 만족했다. 이 간명한 애정이 지난 십여 년간 자주 나를 구했다.

우리 집 고양이들은 내 뒷모습이 보이는 선반과 방석에 자리를 잡고 낮의 절반은 잠으로, 나머지 절반은 나를 바라보는 것으로 시간을 보낸다. 그 가운데서도 애월은 내가 집에서 일을 할 때면 충직한 수호신처럼 주변을 지킨다. 고양이답게 기척도 없이 고요하게, 하지만 폴폴 날리는 털로 존재감만큼은 확실하게.

내가 일을 하다 가끔 뒤돌아보며 "애월" 하고 이름을 부르면 녀석은 잠시 시선을 마주하다 이내 눈을 가늘게 뜨고 고릉거리는 소리를 들려준다. 아쉬움도 무엇도 없이,

그저 나와 한 공간에 있으면 족할 뿐이라는 듯. 이것이 사랑이 아니라면 무엇이 사랑인지 나는 알지 못한다.

어느 해 초여름에 시 창작 수업을 들었던 이유는 사실 시를 쓰고 싶어서가 아니었다. 시를 좋아하는 누군가가 궁금해서였다. 시를 쓰는 마음, 시를 오래 품는 마음 같은 것들이 궁금했다. 시에 무지한 내게는 없는 재능이라 여겼다. 그런데 목이 긴 시인의 말처럼 시라는 게, 문학이라는 게 "사랑이라는 단어 없이 사랑을 표현하는 일"이라면 나는 이미 그 세계를 알고 있었던 셈이다. 작고 거대한, 위대하고 하찮은 나의 수호신. 고양이라는 시詩적 존재와 살고 있었으니까.

행성에
안녕을

1.

이 모든 게 하루 만에 일어난 일이라니 믿을 수 없다.

요즘 기운이 없어진 반야가 걱정스러워 동네 동물병원을 찾았다. 병원을 싫어하는 반야는 날카롭게 울었지만 매번 보던 상냥한 수의사는 익숙한 눈치다. 나이 든 고양이들에게 흔하다는 구내염을 걱정했는데 검사를 마친 수의사의 입에서 낯선 말들이 흘러나왔다. 장에 악성 종양이 의심된다는 말끝에 그는 "큰 병원에 가 보시는 게 좋을 것 같다"라며 2차 진료 동물 병원을 연결해 주었다.

머리가 새하얘진 상태로 서둘러 연계된 동물 병원을 향했다. 안내를 받고 반야는 검사실에 들어갔다. 앉을 수도 설 수도 없이 마음이 불안했다. 얼마나 기다렸을까. 검사 이후 수의사가 나와 종양이 확실하다고, 세침 검사를 진행하겠다고 한다. 얼이 빠져 알겠다는 말만 겨우 하고 보호자 의자에 우두커니 앉아 있다 기침처럼 울음이 터져 나왔다. 손수건으로 입을 눌러도 소리가 새어 나갔다. 곁에 앉아 있던 고양이 보호자 모녀의 대화가 끊겼다. 여기서 터지면 안 돼, 정신을 다잡아도 자꾸 울음이 입을 비집고 흘러나왔다. 친구에게 전화를 걸어 제주도 일정을 취소하면서 울고, 동거인 B와 통화를 하면서도 울었다. 소리를 참을 수 있을 때쯤부터는 벽을 보고 눈물을 훔쳤다. 2차 병원이라 슬픈 소식을 듣는 보호자가 많은 것 같았다. 망고라는 이름의 고양이 반려인도 진료실을 나오더니 몇 걸음 걷지 못하고 못 박힌 듯 서서 울었다. 각자의 슬픔을 어쩌지 못하고 우리는 가만히 몸 밖으로 눈물을 내보냈다.

예후가 좋지 않은 악성 림프종. 항암을 해도 완치는 어렵고 재발도 흔하다고. 긴 설명 끝에 수의사는 "차도가 있든 없든 삶의 질 차원에서라도 항암치료 하는 것을 추천한다"라고 이야기했다. 앞으로의 일에 관해 B와 이야기를 나눠야 한다.

반야는 집에 도착하자 마음이 놓였는지 물을 한 종지 마셨다. 나는 반야를 보다가, 고양이 악성 림프종 정보를 검색하다가 식사 시간을 넘겼다. 급하게 인스턴트 비빔면을 끓였다. B는 좋아하는 비빔면을 반도 먹지 못했다. 저녁식사를 물리고 우리는 말을 나누었다.

"예후가 좋지 않다고 해도 할 수 있는 건 해 봐야 후회가 없을 것 같아."

"응. 항암치료를 하다가 혹시 반야가 너무 힘들어하면 그때 중단하자."

하루 만에 모든 것이 바뀌었다.

2.

B는 가용할 수 있는 자원을 모두 끌어와 반야의 항암 치

료를 준비한다. 나는 여행을 취소하고 약속을 미루고 절망을 보류했다. 최선을 다할 시간이 왔다는 걸 느낀다. 숨 한 번 깊이 들이마시고, 신발끈 단단히 묶고 이 여정을 시작하기로 한다.

작은 방은 반야의 항암 격리실이 되었다. 나는 방에서 일할 때 쓰던 세간을 꺼내고 반야가 따로 쓸 고양이 화장실과 물품들을 주문한다. 위장약을 먹일 바늘 없는 주사기를 고르면서 주문을 외운다. 강해져야 한다. 강해져야 한다. 반야는 약을 먹이는 나와 실랑이를 벌이다 지쳤는지 깔아 둔 담요 위에서 아기 고양이처럼 잔다.

나는 물품을 주문하고 업무를 하는 사이사이 틈만 나면 반야를 본다. 자꾸 반야가 누워 있는 쪽으로 고개가 돌아간다. 인절미와 흑임자와 우유를 적절하게 섞어 놓은 것 같은 터럭, 우주의 어느 행성 같은 연녹색 눈동자, 얼굴에 비해 큼직하고 쫑긋한 귀까지. 반야를 이렇게 봐 온 게 13년이구나, 체감하기론 꼭 13개월이 지난 것 같다 생각하면서. 앞으로 이 얼굴을 얼마나 더 볼 수 있을까. 내가 받은 걸 반의반이라도 돌려줄 수 있을까. 자는 반야를 눈으로 어루만지며 기도하는 마음이 된다.

3.

바삭한 뭔가를 깨물어 먹는 까득까드득 소리. 나는 하던 일을 멈추고 숨죽여 반야의 항암 격리실을 향한다. 사료 그릇 앞에 앉은 반야의 뒷모습이 보인다. 반야가 천천히 사료를 맛보고 있다. 얼마 만에 듣는 반야의 사료 먹는 소리인지. 이 소리를 듣기 위해 나는 얼마나 종종거렸는지.

치료를 시작하면서 나는 반야가 조금이라도 먹을 수 있는 캔과 처방식, 사료를 구하느라 여념이 없었다. 항암을 하면 입맛이 사라질 수 있다는 이야기는 많이 들었다. 사료는 샘플 수십 종을 신청해서 맛을 보게 했고, 캔을 씹기 어려운 것 같으면 갈아서 유동식을 만들었다. 반야는 습식 캔은 조금씩 먹어 주었지만 유독 사료를 먹으려 들지 않았다. 캔보다 사료를 먹어야 살이 오를 텐데… 이런 걱정을 하는 내가 새삼스러웠다.

반야는 일생 통통한 고양이였다. 살도 근육도 많아서 건장한 체격에 힘까지 좋았다. 반야 뒷모습이 꼭 삼각김밥 같다고 웃던 시절도 있었는데 언제 이렇게 살이 내린 걸까. 치료를 하려면 잘 먹어야 할 텐데. 아, 상념에 빠져 있을 때가 아니다. 나는 여러 가지 사료 중 반야가 먹는 샘플 사료의 이름을 휴대전화 메모장에 잘 기록한다. 본품은 이걸로 사야겠다. 반야는 예전 식사량의 반도 먹지 않고 자리를 옮겼지만 일단 사료를 먹어 준 것만으로도 성공이다. 오늘부터 세상에서 내가 제일 좋아하는 소리는 고양이가 사료를 바삭바삭 부숴 먹는 소리다. 그 어떤 음악보다 황홀하던 걸.

일상을 간소화하고 체력과 시간은 돌봄에 집중하고 있다. 세상은 반야가 누운 방과 2차 진료 동물병원이 전부가 되었다. 열심히 발품을 팔아 고른 캔과 사료들로 반야는 조금 살이 올랐다. 병원에서도 반야의 무게를 재고는 수의사가 반색하며 체중이 좀 늘었다고, 잘하고 있다는 말을 해 주었다. 이제 반야는 항암을 하고 와도 반나절 정도만 지나면 컨디션을 좀 회복하는 것 같다. 너와 함께하는 크리스마스를, 새해를 꿈꿔도 될까.

4.

살이 오르고 컨디션이 좋아지던 시기의 사진을 더 많이 찍어 둘 걸. 여윈 반야의 등을 어루만지며 나는 생각한다.

병원에 갈 때마다 새롭게 좋지 않은 소식을 듣는다. 지난번에는 항암제가 듣지 않는다며 약을 바꿔 보기로 했는데 이번에는 무슨 소리를 들으려나. 나는 반야를 조심스레 들어 이동장에 넣는다. 어쩌면 이렇게 가벼워졌을까. 기골이 장대해 들면 양팔이 후들거렸던 나의 고양이는 이제 사뿐하게 안긴다.

반야의 이동장을 차 뒷좌석에 두고 나는 운전석에 앉는다. 병원까지는 차로 15분. 원래대로라면 15분 내내 반야의 사자후를 들어야 한다. 반야는 평생 병원에 갈 때마다 혼을 쏙 빼놓을 정도로 난리를 치는 고양이였다. 힘과 고집이 나란히 세서 가는 내내 목청껏 소리를 질렀다.

그런데 차 안이 잠잠하다. 신호대기 중 뒷좌석을 살펴보니 반야는 미동도 없이 이동장 안에 누워 있다. 나는 반야에게 왜 가만히 있는 거냐고, 어서 호통이라도 치라고 장난치는 척 말을 걸다가 장대비처럼 운다.

5.

인정하기 싫지만 지난 13년간 반야의 1순위는 언제나 B

였다. 어린 시절 파양된 반야를 B가 거뒀고, 둘은 B와 내가 결혼하기 전까지 1년여를 내내 붙어 있었다. 이들 사이에 내가 들어오고, 마지막으로 애월이 합류했다. 반야는 내가 들어올 때에도, 애월이 들어올 때에도 한차례 난리를 부렸다. 둘이 오붓하게 살고 싶었는데 차례로 방해꾼이 들어온 거라고 느꼈을까. 진실을 알 순 없지만 반야는 합류 순서대로 우리를 좋아했다(B〉나〉애월).

그런데 최근 순위의 지각변동이 일어난 것 같다. 반야는 요즘 B와 함께 있다가도 내가 방에 들어가면 슬그머니 몸을 일으켜 내 곁으로 와서 앉는다. 지금까지는 본 적 없는 모습이다. 눈인사도, 야옹거리며 말을 거는 일도 모두 내 차지다. 나는 황송한 동시에 어리둥절하다. 반야가 요즘 날 엄청 좋아하는 기분인데? B는 샐쭉하게 말한다. "반야 항암하면서부터 자기가 '최애'가 된 것 같아."

반야가 항암치료를 시작하고 나서 나의 돌봄 비중이 높아졌다. B는 출퇴근을 하는 회사원이고 나는 집에서 일을 하는 프리랜서이기 때문에 당연한 일이었다. 항암은 사람에게도, 고양이에게도 쉽지 않은 과정이다. 이 힘든 과정의 어떤 면이 반야의 마음을 내게 오게 했을까. 집과 병원을 오가는 일은 아니었을 텐데. 혼자 있을 틈 없이 왔다 갔다 하며 상태를 체크해서일까. 어떻게든 음식을 먹이려고 동분서주하기 때문일까. 하루 일과가 끝나면 반야의 곁에 붙어 앉아 저녁 시간을 보내서일까. 13년 만의 1위 탈환이라니 신기한 일이다.

반야는 이제 눈에 띄게 나를 따른다. 툴툴거리는 B를 향해 나는 승자의 부드러운 미소를 지으며 누워 있는 반야의 배를 쓰다듬는다. 놀라울 정도로 찹쌀떡과 흡사한 감촉이다. 갓 만들어 따끈하고 말랑하고 그러면서도 탄성이 있는 찹쌀떡의 표면. 반야의 배는 딱 그 찹쌀떡 피의 촉감이다. 항암 때문에 털이 빠져 연분홍빛 배가 살짝 보이는 것도 귀엽다. 나는 손에 착 붙는 반야의 배를 천천히 쓰다듬는다. 이 감촉을 내 몸에 새겨 두고 싶어서.

6.

수의사와 상의해 항암을 중단했다. 이제 더 할 수 있는 치료가 없다고 했다. 이 병원을 다니면서 다음 예약을 잡지 않고 나온 것은 처음이다. 반야는 하루가 갈수록 점차 더 누워만 지낸다. 이제 비틀거리는 걸음으로도 몇 발자국

떼질 못한다. 나는 독립적인 성격의 반야를 위해 화장실과 물그릇과 밥그릇을 최대한 반야가 누운 곳 근처로 이동시켰다. 반야가 요의를 느끼는 것 같으면 일으켜 화장실 안으로 옮겨 준다. 반야는 절대 맨바닥에 일을 보지 않으려 한다. 봐도 되는데. 난 정말 괜찮은데.

요즘처럼 재택근무를 하는 게 감사한 적이 없다. 나는 일을 하는 사이사이 반야의 곁에 나란히 누워 자주 옛 얘기를 하며 웃는다. 나와 B가 만든 반야의 웃긴 별명들에 대해. 함께 건너온 13년이라는 시간에 대해. 우리가 나누었던 은밀한 우정에 대해.

"삼각김밥이라는 별명 오해하면 안 돼. 귀여워서 그랬던 거니까."

"우리 제주도에 살 때 진짜 재미있었는데 그치. 이사 다니느라 고생했어."

"너 근데 애월이 처음 데려왔을 때 왜 그렇게 텃세를 부렸어. 화장실도 못 가게 하고."

"B가 매주 출장 다닐 때, 너 가끔 바깥 보면서 경계하더니 이상한 목소리로 울었잖아. 그때 되게 든든하더라. 네가 날 지켜 주는 것 같았어."

반야는 며칠 전엔 부드럽게 야옹거리다가, 시간이 지나자 조용히 색색 숨소리만 내다가, 이제는 꼬리조차 흔들지 못하게 되었다. 그래도, 이런 날에도 우리는 가만히 눈을 맞춘다.

7.

유독 잠이 오지 않는 밤, 반야의 곁으로 가 본다. 반야는 창 쪽을 향해 누워 있다. 나도 고양이의 곁에 모로 누워 창바깥을 바라본다.

초가을의 새벽, 차도 사람도 보이지 않는 암흑과 일출 사이의 푸른 시간. 창밖은 정물화처럼 멈추어 있다. 그런데 시선을 위로 옮기자 빌딩과 아파트 너머 하늘에서 작은 무언가가 움직인다. 몸을 일으켜 자세히 보니 멀리 비행기가 날고 있다. 반야, 저거 봐. 비행기야. 이 새벽에 비행기가 나네. 어떤 사람들이 타고 있을까. 신기하다, 그치.

나는 무릎을 모으고 앉아 창의 왼쪽에서 가운데로, 서서히 오른쪽으로 움직이는 비행기를 본다. 어느새 짙푸른 잉크를 푼 것 같던 하늘이 점차 맑아지더니 살굿빛이 올라온다. 창을 향해 누운 반야의 초록 눈동자, 그 눈동자에 비친 새벽, 파랗고 투명하고 연한 살구색이 도는 하늘, 창공을 가르는 비행기. 생은 어쩌자고 이렇게 아름다운지. 나는 조용히 마음의 카메라로 이 순간을 찍는다.

8.

반야는 이제 거의 무엇도 먹지 못한다. 사료는 물론이고 음료에 가까운, 아주 묽은 유동식조차 삼키지 못하게 되었다. 목이 마를 것 같아 물그릇을 얼굴에 가져다 대었더니 혀로 허공을 핥는다. 그 모습을 보고 있으니 가슴이 쥐어뜯기는 것 같다. 주사기에 물을 넣어 조금씩 흘려 넣어 주었다. 그 몇 방울도 잘 넘기지 못해 물이 반야의 턱과 가슴을 적신다. 나는 마른 수건으로 반야의 몸을 닦아 준다. 마음은 수시로 부서졌다가 재건된다. 그래도 아직 반야가 여기에 있다. 반야와 눈을 맞출 수 있다. 눈인사를 건넬 수 있다. 눈인사를 돌려받을 때도 있다. 고맙습니다, 감사합니다, 나는 중얼거린다.

9.

반야의 투명한 구슬 같던 눈에 긴 흠집이 생겼다. 이제 시력을 잃고 눈에 감각이 없어진 것이다. 반야의 안구에 상처가 난 걸 보고 나는 완전히 무너졌다. 이제 반야는 눈을 감을 수도, 뜰 수도 없다. 내가 사랑하던 연두색 행성 같은 눈동자의 투명한 표면이 오래 사포질을 한 것처럼 깎여 있었다. 항암제가 듣지 않는다며 수의사가 치료 중단을 권하고 보름이 지난 후였다. 나는 길게 울고 나서 반야의 자리 곁에 내 이불을 폈다. 고양이의 몸에 내 몸을 붙여 두고 시간을 보냈다. 이제 무엇도 담지 못하는 반야의 눈을 보며 나는 자꾸 되뇌었다. 너의 마지막은 내가 될게. 내가 곁에 있을게. 무슨 일이 있어도 옆에 있을 테니 걱정하지 마.

마지막 이틀 동안 반야는 시력에 이어 청력을 잃었다. 그래도 내 기척이 느껴지는지 곁에 바짝 붙어 앉으면 희미하게 입을 벌렸다. 애옹, 하는 소리는 나지 않았다. 무언의 인사. 그럼 나도 반야의 눈을 가만히 들여다보며 무언의 인사를 돌려주었다. 그 며칠간 우리에게 말은 필요하지 않았다.

이틀 뒤 새벽, 고요하고 푸른 시간에 나는 반야의 눈을 감겼다. 좋아한다는 말을, 고맙다는 말을 아주 많이 해 주었다. 아침을 지나 오후가 될 때까지 우리는 반야를 쓰다듬고 이야기를 나누었다. 반야의 몸은 점차 굳어 갔지만 보내야 한다는 걸 믿을 수가 없었다. 장례식장에 가는 걸 미룰 수 없겠냐고 묻는 내게 B가 울먹이며 말했다. "더 있다가는 내가 도저히 못 보낼 것 같아…."

우리는 반야를 데리고 장례식장으로 향했다. 비가 많이 내리던 날이었다. 마지막으로 반야의 몸을 쓰다듬다 발작처럼 울음이 터졌다. 치료하며 빠졌던 배의 흰 털이 다시 잔디처럼 자라 있었다. 고생했다. 고생했어. 애썼어. 말과 눈물이 뒤엉켜 쏟아졌다.

반야는 화장터로 보내졌다가 작은 도자기에 담겨 우리에게 다시 돌아왔다. 품에 안아 든 도자기에서 온기가 느껴진다. 반야의 체온보다 뜨거운, 화장터의 온기가. 이제 정말 떠났구나. 미뤄 둔 슬픔을 보듬는다.

10.

내 고양이가 세상을 떠나고 5개월이 지났다. 그동안 무엇도 쓸 수 없는 시간을 보냈다. 그래도 이제는 숨 쉬듯 눈물을 흩뿌리고 다니지는 않는다. 일상은 다시 궤도를 찾았다. 매일 섭외를 하거나 방송 원고를 쓰거나 수업 준비를 한다. 가끔 소설 살롱에서 글쓰기 모임을 진행하기도 한다. 덤덤하게 지내다가도 갑자기 울고, 울다가도 눈물을 닦고 할 일을 한다. 가끔 주변인에게 "이젠 괜찮아?" 하는 질문을 받는다. 그럴 때면 웃으며 고개를 가로젓는다.

나는 아마 오래 괜찮지 않을 것이다. 그래도 괜찮다. 아픈 고양이를 돌보며 여러 번 무너졌지만, 슬픔과 고독만이 나의 친구였던 건 아니다. 의외로 자주 기뻤고 순간순간이 각별했다. 후회하지 않도록 반야에게 매 순간 최선을 다했다. 수천 번 내 고양이와 눈을 맞추고 배를 쓰다듬었고, 매일 사랑한다고 말해 주었다. 반야가 조금이라도 먹을 수 있는 캔과 사료는 무슨 방법을 써서라도 구했다. 절망을 보류하고 반야의 곁에서 많이 웃었다. 우리만의 추억을 만드는 일에 소홀하지 않았다.

그래서 반야를 떠올릴 때면 슬프고 기진한 동시에 또렷해진다. 슬픔과 함께 반야의 생을 끝까지 함께했다는 긍지 역시 나의 것이기에. 아직도 눈을 감으면 선명하게 반야의 눈동자가 떠오른다. 내가 사랑했던 그 옥색 행성의 무늬와 결까지도. 길게 애도하려 한다. 지는 행성에 인사를 건네는 마음으로. 언젠가 다른 우주에서 만나기를 고대하면서.

아스트란시아

암에 걸린 반야를 돌보면서 내가 가장 우선으로 여긴 것은 통증 관리였다. 마지막의 마지막까지 반야가 큰 고통 없이 무지개다리를 건넜으면 했다. 가망이 없다는 진단을 받은 뒤, 더 이상 병원에 올 필요가 없다는 이야기를 들은 뒤에도 마찬가지였다.

반야가 숨을 거두기 전날, 강력한 진통제와 안정제가 몇 알 남지 않았다는 사실을 깨달았다. 처음으로 반야 없이 홀로 병원을 찾았다. 담당 수의사 진료실로 들어가 입을 열었다. 이제 마지막이 얼마 남지 않은 것 같은데 반야가 고통스럽지 않았으면 한다고. 처방할 수 있는 선에서 모든 약물을 달라고. 말을 하면서도 내 입에서 나오는 말들이 현실이라는 걸 믿을 수가 없었다. 마지막, 고통, 약물. 단어들이 세밀한 바늘처럼 가슴을 찔렀다.

엉망인 몰골로 약 처방을 기다리며 데스크에서 수납을 했다. 신용카드를 결제기계에 꽂고 거두려는 내 손을 누군가 힘주어 잡았다. 시선을 올리니 병원 올 때 가끔 마주치던 원무과 직원 L 씨가 보였다. 그녀 손이 따뜻해서 비로소 내 손이 차갑다는 사실을 깨달았다. L 씨가 떨리는 목소리로 작게 말했다. "힘내세요… 그냥… 힘내세요…." 안간힘을 다해 참던 눈물이 볼과 턱에 마구잡이로 흘러내렸다. 그녀는 알았던 것 같다. 결국 동물병원에 혼자 오게 된 사람의 마음을. 항암제가 아닌 강력한 안정제와 진통제를 처방받는 사정을. 고개를 연거푸 깊이 숙이는 것 말고는 아무것도 하지 못하고 병원을 나섰다.

반야는 다음 날 새벽 세상을 떠났다. 넋 놓고 애도만 할 수는 없었다. 우는 사이사이 반려동물 장례식장을 예약하고, 장례식에서 사용할 사진을 식장 쪽에 보냈다. 반야 가는 길에 꽃을 주고 싶어 집 앞 꽃집에 작은 꽃다발도 주문했다. 예약한 시간에 꽃을 찾으러 가니 꽃집 사장님이 잠시 망설이다 입을 열었다. "여기 보시면 이 별 모양 하얀 꽃이 아스트란시아라는 건데요. 제가 이 꽃을 참 좋아하거든요. 꽃말이 '별들에게 소망을'이라고 해요. 이제 고양이별에서 평온할 거예요…." 무슨 대답을 했는지, 무슨 정신으로 꽃집을 나왔는지 기억이 잘 나지 않는다. 하지만 아스트란시아의 '별들에게 소망을'이라는 꽃말만큼은 마음에 깊이 남았다.

반야를 한 번이라도 만난 적 있는 인간 친구들에게는 부고 메시지를 보냈다. 반야의 짧은 생, 만나고 기억해 주어 고맙다고. 괜찮다면 마음속으로 잘 가라고 인사 한마디 부탁한다고. 친구들은 다정한 인사를 건네주었다. 좋은 가족을 만나 행복하게 살았을 거라고. 반야를 오래 기억하겠다고. 이제 아프지 않을 거라고.

그 가운데서 아직까지도 뇌리에 깊게 남아 있는 건 반려동물을 먼저 보낸 친구들의 인사다. 친구들은 먼저 고양이별로 떠난 자신의 털친구들을 반야에게 소개해 주었다. "우리 미르한테 마중 잘 나와 있으라고 할게요. 반야 안 외롭게 친구 있어서 다행이야. 입구에 플래카드 들고

서 있으라고 할게. 걱정 마요!", "보리랑 앙냥이, 모찌와 함께 잘 지낼 거야", … 나는 친구들이 보내 준 무지개다리 너머의 털친구들 이름을 하나하나 부르고 사진을 쓰다듬었다. 주사도 약도 없는 별이 있다면, 그곳에서 뛰노는 동물들이 있다면, 반야도 이제 그곳에 가는 거라면….

반야를 보내고도 한동안은 계절감을 잘 알아차리지 못하고 지냈다. 정신을 차려 보니 단풍이 모조리 떨어져 있거나, 일에 골몰하다 바깥을 보면 눈이 오고 있거나 했다. 그래도 엉망이던 내 손을 잡아 준 누군가의 용기가, 꽃집 사장님의 이야기가, 친구들의 다정한 배려가 있어 그 시절을 건너왔다. 그러니까 결국 이 모든 마음들이 나의 계절을 만들었다는 얘기다. 추운 줄 알았으나 돌이켜보니 춥지만은 않았던 나날들을.

다음 주면 반야의 일주기다. 지난해 갔던 그 꽃집에서 작은 꽃다발을 다시 주문하려 한다. 괜찮다면 아스트란시아도 조금 넣어 주실 수 있냐고 청해 볼까. 영영 잊을 수 없는 꽃이 하나 생겼다고, 한 시절 아스트란시아의 꽃말을 쓰다듬으며 보냈다고 말씀드려도 볼까. 그날 이후 나도 '별들에게 소망을' 품게 되었다고. 그리워하는 이를 먼 훗날 다시 만날 수 있을 거라는.

공명하는 마음

지독하게 더운 여름날, 대전에 전국 각지의 연구자와 교수, 시민들이 모였다. 대전 국립중앙과학관에서 열린 '냥냥이 학술대회'를 위해서였다. 이 학술대회에서 한 물리학자는 '고양이 액체설에 대한 물리학적 고찰' 세미나를 열었고, 어느 뇌과학자는 '고양이는 대체 왜 귀여운가. 귀여움을 느끼는 우리의 뇌'라는 주제로 발표를 진행했다. 언제나처럼 한발 늦게 이 소식을 접한 나는 관련 기사와 영상을 찾아보며 탄식했다. "뇌과학자 세션부터 갔다가 '내 고양이는 왜 그럴까' 토론회 구경한 뒤에 성심당 빵 사서 돌아왔으면 딱인데…."

사진과 영상으로 접한 세미나는 참여객으로 북적이는 모습이었다. 이 학술대회를 개최한 권석민 국립중앙과학관장은 한 방송사와의 인터뷰에서 진지한 얼굴로 고양이 귀 머리띠를 착용하고 말했다. "좋아하는 것에 대해서 서로가 자유롭게 이야기하고 관찰하고 탐구하는 덕후의 성지가 될 수 있도록 도전을 하려 한다"라고. 아, 덕질에 대해 이렇게 이해가 깊은 공직자라니. 나는 그의 벵갈 고양이 무늬 머리띠를 응시하며 고개를 끄덕였다.

덕질은 신체와 정신을 두루 사용하고 탐구와 토론이 수반되는 고도화된 활동이다. 공연을 보려면 몸을 움직여야 하고, 한정판 굿즈를 사려면 소식에 빨라야 한다. 사진과 영상과 문헌을 첩첩이 모으며, 문장 하나로도 몇 시간씩 토론이 가능하다. '최애'를 생각하며 소설을 창작하거나 만화책을 펴내기도 한다. 어떤 덕후는 외국어마저 섭렵한다. 원서를 읽기 위해 영어를 독학하는 해리포터 덕후, 더 멋진 덕질을 위해 중국어를 익히는 양조위 덕후를 찾는 건 그리 어려운 일이 아니다. 오죽하면 '외국어 공부에는 덕질이 최고'라는 관용어도 존재할까.

문학평론가면서 대학교수인 동시에 무엇보다 가수 윤상의 덕후인 신형철 작가는 덕질을 이렇게 정의한다. "나는 그(윤상)를 닮고 싶었던 것이다. 그리고 이런 '나'는 내가 가장 덜 싫어하는 '나'들 중 하나다. (중략) 나 자신을 사랑하는 능력, 덕질은 우리에게 그런 덕을 가질 수 있게 도와준다. 자꾸만 나를 혐오하게 만드는 세계 속에서, 우리는 누군가를 최선을 다해 사랑하는 자신을 사랑하면서, 이 세계와 맞서고 있다."*

나는 "누군가(또는 무언가)를 최선을 다해 사랑하는 자신을 사랑하면서, 이 세계와 맞서고 있는" 이들을 몇몇 알고 있다. 글쓰기 수업과 모임을 진행하며 다방면의 덕후들과 조우했다. 아이돌부터 타국의 배우, 세상을 떠난 소설가, 조카, 일렉트릭 기타, 뜨개까지. 이들의 글을 읽을 때면 꼭 『어린 왕자』에 나오는 낯선 행성을 방문하는 기분이었다. 뜨개의 행성에서는 글벗이 실을 물레에 감아 수동 와인더를 돌리는 모습을 구경했고, 일렉 기타의 행성에서는 잼 세션 코앞에 앉아서 입을 헤 벌린 채 마일즈 데이비스Miles

* 신형철, 『인생의 역사』, p.254, 난다, 2022

Davis의 〈So What〉을 감상했다.

이 개성 넘치는 행성의 주인들에게도 공통점이 하나 있었다. 이들은 덕질이 얼마나 자신의 삶을 괜찮게 만들었는지 표현하고 싶어 했다. 덕질을 통해 누군가는 시야가 트였고, 다른 누군가는 세상을 조금 덜 미워하게 되었다. 삶을 포기하고 싶던 때에도 좋아하는 가수의 콘서트를 기다리며 한 달 두 달 버텨 낸 어느 글벗의 이야기는 잊기 어려울 정도로 아름다웠다. 이들의 행성을 차례로 방문하며 나는 자주 감복했다.

나의 작은 행성에도 방문객이 있었다. 글쓰기 모임에서 만난 친구 E는 어느 날 환한 얼굴로 선언했다. "은혜님 덕분에 고양이 입양했어요." 눈이 커진 내게 그는 말했다. 그간 고양이 입양을 오래 고민했었는데, 내가 썼던 글과 말에 영향을 받아 결심할 수 있었다고. 그 모임에서 우리는 매 시간 하나의 키워드로 글을 쓰고 피드백을 주고받았다. 우정이라든가, 혼돈이라든가, 슬픔에 관한 이야기들을. 나는 자연스럽게 고양이에 대한 글을 쓰고 이야기를 나누었다(덕후는 덕질 이야기할 기회를 놓치지 않는다). 반려동물 이야기가 나올 때면 눈물도 웃음도 잘 숨기지 못했다. 내 행성에 들렀던 친구 E는 지금 백호라는 이름의 멋진 회색 고양이와 함께 자기만의 행성을 만들어 가고 있다.

내 행성의 방문객 중 가장 신기했던 인물은 엄마다. 엄마는 생전 고양이를 꺼리는 분이었다. 동물 중에서도 유독 고양이를 두려워했다. 가끔 "고양이는 눈이 무섭다"라는 말을 하셨지만 그러려니 했다. 고양이와 함께 살기로 결정한 건 엄마가 아니라 나니까. 가끔 보는 엄마에게까지 기꺼움을 바라는 건 무리였다. 엄마는 우리 집에 오셔서도 고양이들과 최대한 멀리 떨어져 앉으셨다. 낯설고 털 날리고 불편한 생명체 정도로 여기시는 것 같았다.

몇 년을 데면데면하게 보내던 어느 날, 엄마가 그루밍하는 애월을 보다 입을 열었다. "얘네는 보면 참 깨끗해. 냄새도 안 나고. 이렇게 맨날 핥아서 그런가." 무심하게 지나가는 말투였지만 나는 놓치지 않았다. 그건 엄마가 처음으로 고양이에게 온화한 말을 건넨 순간이었다. 변화는 느리고 꾸준하게 일어났다. 집에 온 엄마가 고양이들에게 먼저 인사를 건네기 시작했다. 시간이 조금 더 지나고부터는 용기를 내어 한 번씩 고양이를 쓰다듬기도 했다.

최근에는 남는 고양이 밥그릇이 있으면 줄 수 있냐는 엄마의 연락을 받았다. 어디에 쓰실 거냐고 묻는 내게 그녀는 말했다. "동네에 캣맘이 있는데, 혼자 고생하는 게 마음에 걸리더라고. 밥그릇도 낡은 것 같고. 남는 것 있으면 좀 나눠 주면 어떨까 해서." 어떻게 용케 낡은 고양이 밥그릇을 보았을까. 아니, 그전에 엄마는 어쩌다 동네 캣맘과 친구가 되었을까.

엄마의 가장 최신 소식은 이렇다. 그녀는 내가 챙겨드린 사료와 고양이 밥그릇을 가져가 캣맘에게 전달했다. 거기서 멈추지 않고 음식물 쓰레기를 버리러 나갈 때면 고무장갑을 끼고 나가 내킨 김에 고양이 밥그릇도 한 번씩 씻어 주고 온다. 최근에는 사료 값에 보태라며 적은 돈이지만 얼마간 동네 캣맘에게 건넸다고 한다. 아무래도 엄마의 행성에 작은 고양이 발자국이 찍힌 것 같다.

고양이 덕후로 살다 보니 주변인들이 고양이와 관련된 걸 보면 나를 떠올리는 일도 생긴다. 친구 K에게는 록밴드 너바나의 앨범 표지에 우리 집 고양이 사진을 넣은 티셔츠를 선물 받았다. (그녀는 실내복으로 입으라고 했지만 나는 자랑스러운 덕후답게 외출복으로 소화하고 있다.) 고양이와 관련된 전시회가 열리면 내게 소식을 알려 주는 친구도 있고, 고양이가 주인공인 그림책을 그저 '좋아할 것 같아서'라며 범상하게 주는 친구도 있다. 고양이에 관심이 생긴 친구들에게 가끔 "동네 고양이에게 이런 음식 주어도 되냐", "고양이의 이런 행동은 왜 그런 거냐" 질문을 받기도 한다. 그런 질문을 받을 때면 나는 말이 길어진다. 아는 선에서 최대한 쉽고 상세하게 설명하려 노력한다. 나의 애씀이 타인에게 '고양이'라는 세계를 열어 줄 수 있다면, 그것만큼 신나는 일도 드물 것이다.

좋아하는 대상을 마음껏 좋아했을 뿐인데, 공명하는 마음이 자꾸 생긴다. 이 마음은 어디까지 뻗어 나가게 될까. 무엇을 더 할 수 있을까. 어쩌면 내년 여름에는 누군가와 함께 대전으로 수상한 학술대회를 갔다가 성심당 빵 사서 귀가할지, 모를 일이다.

가만한

청자

일생 뛰어난 언변과는 담을 쌓고 살았다. 생각하는 속도와 말하는 속도가 나란히 느리기도 하거니와, 말하는 일보다 듣는 일을 좋아하기 때문이다. 가끔 글을 매개로 하는 모임이나 수업을 꾸리기도 하지만, 그것은 나의 화술과 그다지 상관이 없다. 타인을 만나는 가장 아름다운 방법 가운데 하나가 글이라서, 독자 됨을 사랑하기 때문에, 눌변에도 자꾸 자리를 만드는 것뿐.

그간의 수업과 모임을 회고하면 등에 식은땀이 나는 기분이다. 대면이든 비대면이든 옹기종기 모인 사람들 앞에서 나는 주로 이런 식으로 이야기했다. "음… (잠시 정적) 저는… (또 정적) 이렇게 생각하는데요… (더 긴 정적 후 드디어 말 같은 말 시작)…."

세상에, 제발 이 이후에 나온 문장들이 들을 만했기를 바랄 수밖에. 말보다 더 긴 침묵을 어색하게 느끼는 사람도 있었을 것 같다. 갑자기 모임 중간에 아스라이 사라져 간 몇몇 분들의 얼굴이 떠오르는데 그건 일단 덮어 두기로 하고….

머릿속 생각을 순식간에 포착해 근사한 말로 표현해 내는 사람들을 많이 만났지만 아직도 볼 때마다 신기하다. 언변으로 사람을 웃기고 울리는 이들과 있으면 속으로 경탄한다. 사실 내 마음 깊은 곳에도 '웃기고 싶다'는 은밀한 소망이 있다. 팽팽하던 누군가의 얼굴이 무너지듯 무장해제되어 웃는 모습은 내가 가장 보기 좋아하는 광경 가운데 하나기 때문에.

그렇지만 말의 재료가 되는 생각을 다듬고, 그것을 다시 어순대로 배열해서 적절한 타이밍에 입 밖에 내는 것조차 마음처럼 쉽지가 않다. 예를 들면 이런 식이다. 친구들과의 모임에서 바다가 화제에 오른다. 가 보았던 바다, 가 보지 못한 바다, 바다에서 생긴 에피소드들이 풍성하게 오고 간다. 나는 이야기를 들으며 생각을 다듬는다. '친구는 거제의 몽돌 해안을 다녀왔구나. 거기는 모래사장이 아니고 자갈이라 파도 소리가 신기하던데. 철썩철썩 때리는 소리가 아니라 차르르 마음을 만져 주는 소리가 나지. 내가 다녀온 몽돌 해안 이야기도 나눠 볼까' 하고 입술을 달싹이면 어느 순간 화제는 바다에서 휴가 이야기로, 휴가에서 다시 업무 이야기로 넘어간 뒤다.

그런 실정이니 여럿이 모이면 웃기기는 고사하고 대화 흐름을 열심히 따라가는 것만으로도 마음이 바쁘다. 보통은 달변가 친구가 깔아 주는 판에서 귀 기울여 듣거나 재미있는 이야기에 웃거나 하며 충실한 좌중이 되는 편이다. 그러다 드물게 재치 있는 말이 떠올라 사람들을 웃기고 나면 흐뭇한 나머지 이제 그만 집에 가도 될 것 같다는 마음이 된다. 오늘 치 할 일을 다 한 기분이랄까.

어쩌면 나는 말주변이 없어서 글을 사랑하는지도 모르겠다. 마음을 전하는 것도, 어떤 일화를 표현하는 것도 말보다 글이 편하다. 말의 즉시성이 가끔 버겁다. 같은 이야기도 입으로 하면 두서없이 뒤죽박죽 쏟아 내는 기분이다. 같은 사건도 말보다 글로 표현할 때 덜 오해받는다고 느낀다.

첫 책 『쓰지 못한 단 하나의 오프닝』도 그래서 세상에 나왔다. 말로 하기 힘든 이야기라 글을 택했다. 라디오 작가로 살면서 생업을 사랑하는 기쁨을 누렸지만, 방송업계의 기이한 구조 때문에 자주 번뇌했다. 나는 내가 겪은 이야기와 현장에서 벌어지는 일들을 글로 쓰기 시작했다. 그렇게 한 편 두 편 쌓이는 글을 발견해 준 눈 밝은 출판사가 있어 책이 만들어졌다. 책이 출간되고 주변인에게 가장 많이 들었던 말은 "미안하다"였다. 책을 읽은 지인들은 그간 내 사정을 알지 못했다고, 미안하다고 전해 왔다. 사실 미안할 건 이쪽이다. 말보다 글로 삶을 풀어 내다 보니 간혹 주변 사람들을 어리둥절하게 만들기도 했을 것이다.

그런 내게도 가끔은 말의 욕구가 찾아온다. 보통은 징징거리고 싶을 때 그렇다. 글이 잘 쓰이지 않아 속이 상할 때에도, 고양이별로 떠난 첫째 고양이가 그리워서 견디기 어려울 때에도 괜히 휴대전화를 손에 쥐고 연락처를 들여다본다. 누가 가장 덜 괴로워하며 내 이야기를 들어 줄 것인가, 누가 지금 가장 덜 바쁠 것인가 고민하다 휴대전화를 다시 내려놓는다. 한창 업무를 하거나 가족을 돌보고 있을 친구에게 전화해 넋두리 늘어놓을 배짱은 여간해서 생기지 않는다. 평소 업무 외에 통화를 하는 일이 많지 않기 때문에 이쪽에서 불쑥 전화를 걸면 상대방이 놀랄 것 같아 신경이 쓰이기도 한다. 결국 이런 자신이 너무나 시시해진 나머지 휴대전화를 멀찍이 밀어놓고 만다.

그럴 때 내가 찾는 건 고양이라는 가만한 청자다. 마음이 신산해 넋두리를 하고 싶을 때 나는 하던 일을 멈추고 소파에 앉아 팔걸이 부분을 두세 번 툭툭 두드린다. 그러면 고양이의 걸음 소리가 작게 들린다. 소파를 두드리는 건 내가 있는 자리로 와 달라는 시그널이다. 애월은 얕은 잠을 자거나 그루밍을 하고 있다가도 소파를 두드리는 소리가 나면 천천히 걸어와 내 곁에 앉는다. 나와 몸을 붙이고 앉을 때도 있지만, 대부분의 경우 사람 하나 더 앉을 수 있을 정도로 적당히 거리를 두고 소파 위에 자리를 잡는다.

애월이 완전히 자리를 잡고 나면 나는 말문을 연다. 고양이별로 떠난 반야에 대한 이야기일 때도 있고, 일곱 시간을 붙잡고 있어도 단어 하나 나아가지 못하는 어떤 글에 대한 이야기일 때도 있다. 말은 끊겼다가 다시 뜨문뜨문 이어진다. 가끔은 여백이 말보다 길어지기도 하고, 눈물이나 한숨이 말과 말 사이를 막을 때도 있다. 내 고양이는 참을성 있게 가끔 귀를 쫑긋거리고 꼬리를 살랑거리며 이야기를 듣는다. 이야기는 점차 잦아든다. 그리고.

그리고 애월은 무엇도 하지 않는다. 함부로 나무라거나 격려하지 않는다. 내게 정답 같은 걸 주지 않는다. 가라앉은 분위기를 재빨리 바꾸려고 안달하지도 않는다. 에메랄드와 유리를 섞은 것 같은 동그란 눈으로 조용히 나를 볼 뿐이다. 이야기를 마치고 애월의 투명한 눈을 들여다보면 내가 보인다. 퉁퉁 부은 눈이거나 걱정스러운 표정의 내 모습이. 애월은 그저 거울처럼 나를 가만히 비춘다.

말 없는 현자 같은 애월의 눈빛. 내 고양이의 연녹색 눈에는 그 어떤 판단이나 평가의 기색이 없다. 애월과 눈을 마주하다 보면 마음의 소요는 차츰 가라앉는다. 어쩌면 내게 필요했던 건 위로보다 스스로를 정시하는 일이었는지도 모르겠다. 그런 때마다 애월은 기꺼이 가만한 청자가 되어 준다.

나라면 어땠을까. 친구나 식구가 내게 흉금을 털어놓았다면. 섣부른 위로나 어설픈 조언을 하려 들지는 않았을까. 그러다 성기고 거칠고 무성의한 말들을 뱉지는 않았을까. 그저 가만히 들어 주고, 곁에 있어 주면 되는 것을.

고양이에게 뒤늦게 배운다. 언제나처럼.

나와 시간을 충분히 보냈다 싶으면 애월은 가볍게 소파를 뛰어 내려간다. 미련도 아쉬움도 없이 원하는 일을 하러 간다. 같이 산 지 10년을 넘기다 보니 가끔은 녀석의 다음 행동이 예측되기도 한다. '곧 물을 마시겠군.' 아니나 다를까 찹찹 작게 물 마시는 소리가 난다. '이제 사료를 맛보려나.' 연이어 바삭한 사료를 먹는 소리가 난다. 나는 그만 웃고 만다. 나도 뭔가 먹고 다시 책상 앞에 앉아 볼까. 일단은 소파에서 일어나 길게 기지개를 켠다.

냉동실에 얼려 둔 소금빵을 데워서 따뜻한 아메리카노와 함께 먹고 나면 조금 기운이 난다. 애월은 어느새 조용해진다. 내 하소연을 들어 준 청자는 이제 무심한 표정으로 다시 얕은 잠을 자고 있겠지. 나는 나대로 하루치의 분투를 이어 가면 된다. 막힌 글이 있어도 마감은 돌아오고, 사는 동안 볼 수 없는 그리운 존재가 있어도 일상은 계속되니까.

그러다 한 번씩 모든 게 막막해지면 다시 가만한 청자에게 시그널을 보내는 거다. 툭툭, 지금 잠깐 내 이야기 들어 줄 수 있어?

상상의 공동체

업무 일정을 끝내고 집으로 가는 늦은 저녁, 지하철이 곧 도착한다는 안내가 들린다. 바닥의 안내 표시에 맞춰 서 있으니 전동차가 역사에 미끄러져 들어와 서서히 멈춘다. 문이 열리기 전, 잠시 생기는 공백의 시간에 슬쩍 전동차 유리문에 비친 내 모습을 체크한다. 피곤이 짙게 드리운, 눈 밑이 푹 꺼진 얼굴. 이내 문이 열리고 지하철 안에는 고만고만하게 피로해 보이는 사람들이 앉아 있다. 빈 좌석이 남아 있어 안도하며 앉으니 다음 역에서 우르르 사람들이 탄다. 나는 그들을 무감한 눈으로 스치듯 본 뒤 휴대전화에 다시 눈을 고정한다. 인스타그램이 멋대로 내 피드에 등장시킨 불닭소스 팽이버섯 요리 레시피를 잠시 보다 엄지손가락으로 스윽 스크롤, 이름도 모르는 유명인이 '#협찬' 태그를 달고 올린 메이크업 사진을 잠시 보다 또 스윽 스크롤. 나는 친구들의 소식만 보고 싶은데 소셜 네트워크 서비스는 그마저도 허락하지 않는다.

건조하고 피로한 눈을 천천히 감았다 떠 본다. 인공 눈물을 조금 넣을까 고민하다 앞에 선 사람의 코트에 시선이 닿는다. 남색 코트에 붙어 있는 인절미색의, 가늘지만 어딘가 억세 보이는 5센티미터의 털 한 올. 저건 분명히 고양이의, 그중에서도 코숏*의 털이다!

코숏을 키우는 나는 코숏의 털을 바로 알아볼 수 있다. 물색없이 올라가는 입꼬리를 숨기기 위해 입술을 오므리며 슬쩍 코트의 주인을 본다. 깔끔한 사회 초년생 느낌의 그녀는 나보다 조금 덜 피곤한 얼굴로 지하철 손잡이를

---

* 길에서 친근하게 만날 수 있는 우리나라 토착 고양이 '코리안쇼트헤어'의 줄임말. 품종묘 못지않게 아름답고 건강한 고양이들이기에 애묘인들이 애정을 담아 부르는 명칭이기도 하다.

잡고 서서 휴대전화 화면을 보고 있다. '사룟값 벌고 집에 가시는 모양이군….'

상상해 본다. 남색 코트의 그녀가 현관문을 여는 모습을. 그리고 총총거리며 그녀를 마중 나올 인절미 색의 코숏 고양이를. 어린 고양이라면 커튼을 등반하고 있을 수도 있다. 나이 든 고양이라면 귀가 어두워져 쿠션 위에서 얕은 잠에 빠져 있을 가능성도 있다. 혹, 이미 고양이별로 떠난 녀석의 털이라면? 그녀는 코트를 벗다 꽂혀 있는 털을 발견하고 주저앉아 고개를 숙일지도 모른다. 아니면 한 올의 털을 조심스럽게 뽑아내어 작은 통에 간직할 수도 있다. 그녀가 발견한 인절미색 털은 오늘의 굉장한 수확이 되리라.

비인간 존재의 일생을 지켜본 뒤 나는 자주 공상에 빠진다. 고양이와 사는 건 상상을 체화하는 일이기도 했다. 인간의 언어가 통하지 않는 고양이의 마음을 자주 그려 보았고(어째서 비닐봉지와 사랑에 빠지는 거야?), 내가 없을 때 발생한 고양이적 사건(잠깐만, 바닥에 저거 혹시 반쪽만 남은 벌레인가?)들을 자주 상상해야 했기에.

철저히 나 자신을 위해서만 상상하던 내게 친구 H는 다른 지평을 열어 주었다. 그녀는 키우던 강아지를 떠나보낸 뒤 강아지와 산책을 하는 사람들만 보면 자주 눈물이 난다고 했다. 부러움이었냐고 묻는 내게 그녀가 말했다. "너무 안쓰럽더라고요. 저 사람들도 언젠가는 이런 상실을 겪겠지 생각하니까. 얼마나 마음이 아플까." 그녀의 문장이 작은 등불처럼 빛나서 나는 잠시 말을 잊었다.

나의 애도를 타자에게 가닿는 도구로 쓸 수 있다니. 나의 상실과 당신의 아픔이 그리 멀지만은 않음을 상상할 수 있다니. 어쩌면 타자의 슬픔을 상상하는 것에서 '상상의 공동체'는 시작될 수 있을지 모른다. 그렇다면 애도의 공동체도, 아픔의 공동체도, 아주 불가능한 일은 아닐지도 모른다.

자취방 문간에서 만난 노란 고양이로 시작된 이 한 권의 이야기는 고양이들의 새벽 식당을 지나 덕후들의 행성을 건너 상상의 공동체로 마무리될 모양이다. (쓰면서 글이 스스로 결말을 찾도록 두는 걸 좋아한다.) 우리가 만들 수 있는 상상의 공동체를 그려 본다. 고양이를 키웠던 이들의 공동체, 글을 꿈꾸는 이들의 공동체, 시를 쓸 줄은 모르지만 좋아하는 사람들의 공동체, 슬픔을 기꺼이 삶에 들이는 이들의 공동체, 중독된 이들의 공동체, 자기 몸이 아름다우면서도 추하다고 생각하는 사람들의 공동체, 혼돈을 사랑하고 싶지만 방법을 모르는 이들의 공동체, 타자의 고통을 상상하고 공감하는 사람들의 공동체.

상상의 공동체가 많아지면 고양이 밥에 독을 타는 이들이 줄어들지 않을까. 동네 고양이를 발로 차는 사람도 적어지지 않을까. 어쩌면 반려동물이 세상을 떠난 이들도 회사에서 상조 휴가를 받게 되지 않을까. 이 은밀한 아이디어에 고개를 끄덕이고 있다면, 당신도 이미 이 공동체의 구성원이다.

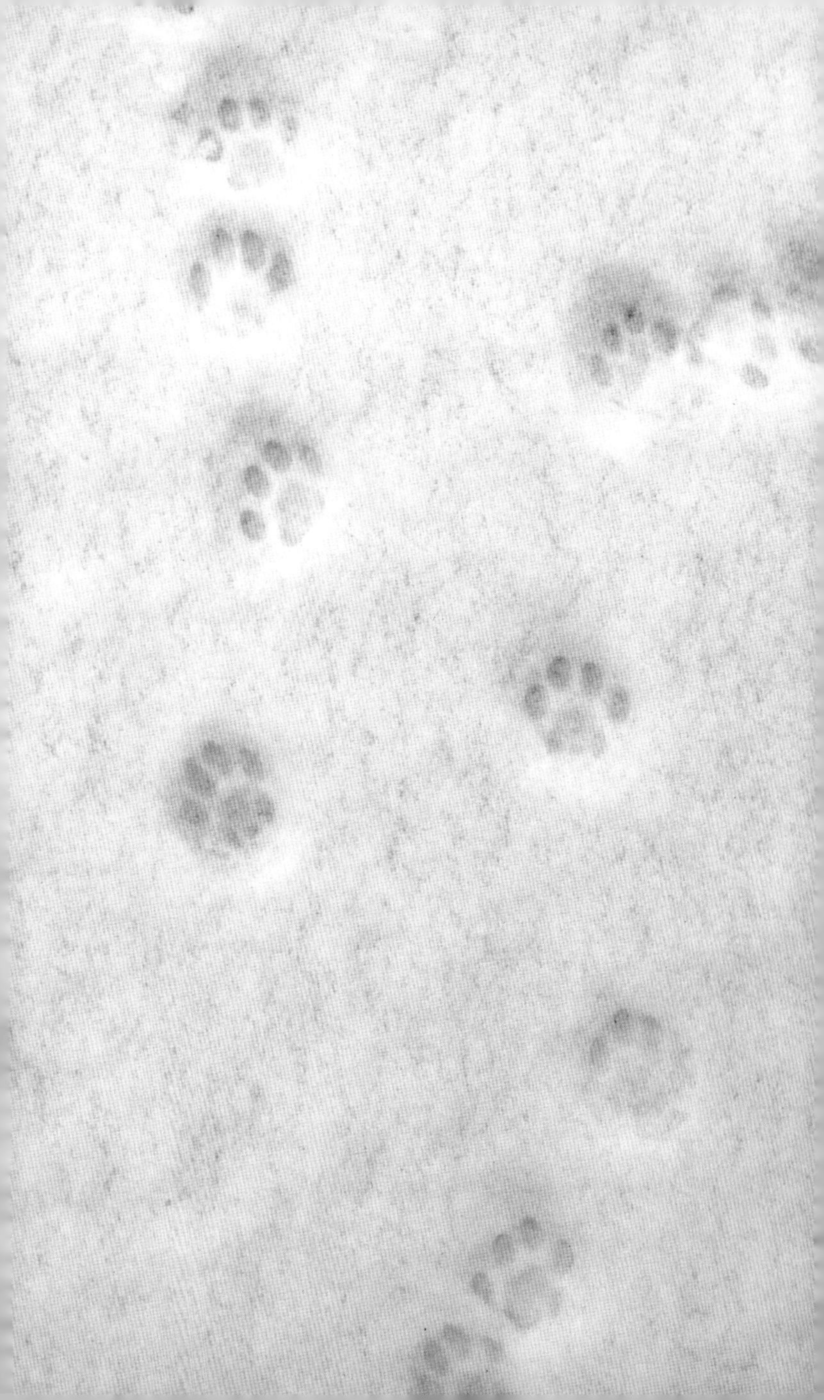

인용한 글은 저작권자에게 재수록 허가를 받았습니다. 답을 받지 못한 건에 대해서는 연락이 닿는 대로 허가를 받고 필요한 조치를 취하겠습니다.

고양이들

초판 1쇄 인쇄 2024년 12월 13일
초판 1쇄 발행 2024년 12월 31일

글 이은혜
펴낸이 홍지애
펴낸곳 꿈꾸는인생
주소 서울 마포구 월드컵북로 400 2층
전화 070-4046-2371
팩스 02-6008-4874
이메일 lifewithdream@naver.com

979-11-91018-30-1 (04810)
979-11-91018-04-2 (세트)